너는 너로 살고 있니

너는 너로 살고 있니

김숨 편지소설

임수진 그림

마음산책

김숨

소설집 『나는 나무를 만질 수 있을까』『침대』『간과 쓸개』『국수』 등이 있고, 장편소설
『바느질하는 여자』『L의 운동화』『한 명』『떠도는 땅』『듣기 시간』『제비 심장』 등이 있다.
현대문학상, 이상문학상, 동리문학상 등을 수상했다.

너는 너로 살고 있니

1판 1쇄 발행 2017년 12월 15일
1판 5쇄 발행 2022년 12월 10일

지은이 | 김숨
그린이 | 임수진
펴낸이 | 정은숙
펴낸곳 | 마음산책

편집 | 성혜현 · 박선우 · 김수경 · 나한비 · 이동근
디자인 | 최정윤 · 오세라 · 차민지
마케팅 | 권혁준 · 권지원 · 김은비
경영지원 | 박지혜

등록 | 2000년 7월 28일(제2000-000237호)
주소 | (우 04043) 서울시 마포구 잔다리로 3안길 20
전화 | 대표 362-1452 편집 362-1451   팩스 | 362-1455
홈페이지 | www.maumsan.com
블로그 | blog.naver.com/maumsanchaek
트위터 | twitter.com/maumsanchaek
페이스북 | facebook.com/maumsan
인스타그램 | instagram.com/maumsanchaek
전자우편 | maum@maumsan.com

ISBN 978-89-6090-343-2 03810

"나는 아직도 당신에게 가고 있는 중일까요?"
"나도 가고 있는 중이에요."
"당신은 어디로 가고 있는 중인가요?"
"나도 나에게로."

이 글을 쓰던 지난 봄과 여름 산책길에서 만난 비둘기는 아직 살아 있을까요?

인간인 내게 새의 얼굴도 늙는다는 걸 가르쳐준 비둘기에게,

나와 찰나로라도 눈빛을 나누었던 모든 존재에게,

자복하는 마음으로,

2017년 12월

김숨

차 례

당신과 헤어지고 싶지 않습니다.
아직 당신을 만나지도 않았는데,
　당신을 만난 적도 없는데.

응
시

당신은 눈을 뜨고 있습니다. 어제 당신은 내내 눈을 감고 있었습니다.

내가 보이나요?

오후 1시쯤 당신의 머리를 감기고 한숨 돌리고 있는데 민으로부터 전화가 걸려왔습니다. 5년 전 대만으로 떠난 그녀 가족은 최근 타이완공항 인근, 텅 빈 어항 속처럼 환하고 조용한 마을로 이사했다고 했습니다. 인천공항에서 타이완공항까지 비행기로 두 시간 남짓이라지만 아무래도 국경과 바다를 사이에 두고 있어서인지 멀게 여겨집니다. 그녀의 남편은 대만에서 인터넷 관련 사업을 하는데, 직원이 열 명이나 된다고 합니다. 대만 사람들의 검소함에 대해 칭찬을 늘어놓던 그녀가 불쑥 물었습니다.

"너는 너로 살고 있지?"

"나?"

"나는 나가 없다."

'나'가 마치 티브이나 세탁기 같은 가전제품 중 하나인 것처럼 말해 나는 묻지 않을 수 없었습니다.

"나가 누구야?"

"나, 나 자신! 나는 나 없이 산다. 나 없이도 살게 되더라."

나 없이 살고 있다는 걸 증명하려는 듯 자신의 일상이 어떻게 굴러가지는지 들려주던 민은, 늘 그렇듯 대만 자신의 집에 꼭 한 번 놀러 오라는 당부를 하고서야 전화를 끊었습니다.

나가 없다는 건 뭘까요. 그녀에게 미처 물어보지 못했습니다.

민이 아기 때 소아마비를 앓아 목발 없이는 걷는 게 힘들다고 말했던가요. 남편이 사업 때문에 대만으로 떠나자 그녀는 한 달 뒤 여행 비자를 발급받아 홀쩍 대만으로 날아갔습니다. 부부는 떨어져 살아서는 안 된다면서요. 양 겨드랑이에 목다리를 짚은 몸으로 여섯 살 딸아이를 앞세우고 인천공항 출입국 심사대를 통과했을 그녀의 모습이 본 듯 눈에 선합니다.

당신은 여전히 눈을 뜨고 있습니다.

당신의 눈동자는 익어가는 보리 빛깔입니다.

내가 보이나요?

실은 민의 전화를 받기 전, 간호사실에 새 환자복을 가지러 갔다가 우연히 간호사들이 나누는 이야기를 들었습니다.

"세상에나, 지난 수요일에 안경점에서 시력을 쟀는데 내 시력이 0.1이라지 뭐야. 0.8인 줄 알았는데."

박 간호사가 하소연하자 정 간호사가 대뜸 물었습니다.

"0.1이요? 0.1이면 앞에 있는 사람 눈코입도 제대로 구분 못할 텐데 주사는 어떻게 놓으셨대요?"

"그러게!"

공포에 질려 소리 지르는 박 간호사의 얼굴에는 못 보던 안경이 쓰여 있었습니다.

"손이 알아서 놓았겠지."

시무룩한 표정으로 컴퓨터 자판을 두드리던 수간호사가 퉁명스럽게 중얼거렸습니다.

"근데 참 이상하지. 시력이 0.8인 줄 알았을 때는 잘만 보이던 것들이 0.1이라고 하니까 전혀 안 보이지 뭐야."

박 간호사가 고개를 갸웃거렸습니다.

봄은 눈멂의 결여라던가요. 아리스토텔레스는 '내'가 어떤 대상을 본다고 볼 수 있는 게 아니라고 했습니다. 그 대상이 보여질 수 있는 능력이 있어야 볼 수 있다고요. 그렇다면 내가 당신의 눈에 보이기 위해서는, 보여질 수 있는 능력이 내게 있어야 하겠지요. 어째서인지 내게는 그 능력이 결여되어 있는 것만 같습니다.

내가 보이나요?

지금처럼 당신이 나를 말끄러미 응시할 때가 있습니다. 그런데 당신의 응시에는 결정적인 무엇인가 결여되어 있습니다. 소유하려는 욕망 같은 것이요. 그래서일까요. 지금처럼 당신이 나를 응시할 때 나는 나의 부재를 느낍니다.

당신이 응시하고 있는 대상이 내가 아니라면, 당신 앞에 서 있는 사람은 누구일까요. 나는 어디에 있는 걸까요.

소유하려는 욕망이 결여된 응시는, 응시가 아닐지도 모르겠습니다.

내게는 버스를 타고 가다 나도 모르게 경기하듯 소스라치는 버릇이 있습니다. 버스가 조금 전 지나온 횡단보도 앞에 서 있던 '나'를 본 것 같은 기분이 들어서요. 횡단보도 앞에 서 있던 여자가 '나'였다면, 버스에 타고 있던 '나'는 누구였을까요. 버스에 타고 있던 나가 '나'였다면 횡단보도 앞에 서 있던 나는 '존재하는 나'였을까요.

'나'와 '존재하는 나'는 다르겠지요.

방금 당신 얼굴에 떠올랐던 표정이 그렇습니다. 당신의 얼굴이 다시는 짓지 못할 표정이요.

표정은 새 같습니다.

얼굴로 한순간 날아들었다, 한순간 날아가니까요.

처음 당신 머리를 감기던 때가 떠오릅니다. 목조차 가누지 못

하는 당신 머리를 감기는 것이 쉽지 않았습니다. 당신은 11년째 식물인간 상태입니다. 화분에 심긴 식물처럼 스스로 호흡하고 체온을 유지합니다. 생명 지속을 위한 최소한의 활동을 하지만 누군가의 보살핌이 없으면 수일 내 사망에 이르고 맙니다.

고백하자면 나는 머리를 감을 때마다 머리 감는 법조차 제대로 익히지 못했다는 자책감에 사로잡히고는 합니다. 쩔쩔매는 심정이 되는 게, 오늘 아침에도 머리를 감으려니 엄두가 나지 않아 샤워기를 손에 잡고 욕실 바닥에 한참 주저앉아 있었습니다. 초등학교에 들어가기 전부터 혼자 머리를 감았음에도요. 그 이유가 머리를 감을 때, 머리를 감는 행위에 온전히 집중한 적이 없기 때문이 아닌가 싶습니다. 손으로는 머리를 감으면서도, 머릿속으로 늘 다른 생각을 했기 때문이 아닌가. 오죽하면 제 머리조차 제대로 감지 못하는 주제가 남 머리를 감기고 있구나 싶어 피식피식 웃음이 났을까요. 당신 머리를 다 감기고 났을 때 병실 바닥은 물바다가 되어 있었습니다.

어디 머리 감는 법뿐인가요. 손 씻는 것도, 양치질하는 것도, 젓가락질하는 것도, 화장하는 것도 마찬가지로 낯설고 어색하기만 합니다. 매일 지겹도록 반복하는 그 일들이 어째서 내게는 좀처럼 익숙해지지 않는 걸까요.

제 머리도 제대로 감지 못하는 내가 당신 머리를 감기고 있으니 이것 역시 아이러니가 아닐까요. 마치 삶에 발자국조차 남기지 못한 주제가 삶에 대해 장황하게 떠들고 있는 것 같은 자괴감마저 듭니다.

*

요 며칠 내 혀에서 내내 떠나지 않고 맴도는 중얼거림이 있습니다. 양치질을 공들여 했는데도 잡히지 않고 숨이 토해질 때 딸려 나오는 냄새처럼 말이에요.

살다 가다,

가다,

떠남을 뜻하는 '가다'라는 동사가 '집'이라는 명사와 결합하면 정반대인 '닿다'라는 의미가 되지요.

집에 가다,

가 닿다,

터치touch를 의미하는 '닿다'를 발음할 때면 혀끝에서 파도가 이는 것 같습니다.

인간은 매 순간, 어머니의 자궁에서 잉태되는 순간부터 땅속에 묻혀 소멸하는 순간까지, 그 무엇과 닿으며 살고 있는 게 아닐까요.

인간은 만물의 영장靈長이다. 국어사전에도 나오는 그 문장이 내게는 어째서인지 다르게 읽힙니다. 인간은 만물의 '연장延長'이다, 라는 문장으로요.

연장을 한글로 풀면 '잇닿다'가 되지요.

닿다,

가 닿다,

당신 손이 가 닿다,

그런데 무엇에?

지난 새벽 당신 손이 그토록 가 닿으려던 것은 무엇이었을
까요.

비단조개 껍질 가루 같은 새벽빛 속에서 그 무엇인가에 가
닿으려 안달하는 당신 손을 바라보며 나는 의문했습니다. 만
약 신神에게도 손이 있다면, 그리고 그 손이 지상의 것들 중 단
하나만을 터치한다면 그것이 무엇일까.

신에게 하고 싶던 그 질문을 정 선생님에게 한 적이 있습니
다. 신도 내세도 따라서 지옥과 천국 따위는 없다고 믿는, 오
직 현세인 지금의 생生만이 있다고 믿는 그녀에게요.

"그러게…… 부유하는 눈송이?"

무심히 벌어지는 정 선생님의 입에서 담배 연기가 피어올랐
습니다. 정 선생님의 얼굴이 연기에 지워지는 것을 바라보며

나는 그녀가 담배를 피우는 것은 자신의 얼굴을 지우기 위해서가 아닐까 생각했습니다. 담배 연기로 자신의 얼굴을 지우고 지우기 위해서가 아닐까.

나는 신이 지상의 것들 중 단 하나만을 터치한다면 그것이 새끼 참새일 것 같습니다. 너무나 작고 재빨라 오로지 신만이 참새를 터치할 수 있을 것 같습니다.

당신, 새끼 참새를 본 적이 있나요?

수년 전 비행 연습을 하던 새끼 참새가 나뭇잎으로 숨어드는 걸 우연히 보았습니다.

나는 이끌리듯 새끼 참새가 숨어든 나뭇잎 앞으로 걸어가, 그 앞에 두 무릎을 접고 앉았습니다.

나뭇잎 앞에,

두 무릎을 접고,

내 손보다 작던 나뭇잎은 누렇게 메말라 가장자리가 고데로 말아놓은 듯 둥글게 말려 있었습니다.

내가 떠날 때까지 새끼 참새는 나뭇잎 속에 죽은 듯이 숨어 있었습니다. 바람이 조금만 불어도 날아가버릴 나뭇잎이 자신을 보호해줄 거라는 믿음이 새끼 참새에게 있는 것 같았습니다.

그것이 벌써 5년도 더 전 일이니 나뭇잎은 바스러져 흔적도 없이 흩어졌겠지요. 그리고 새끼 참새는……

참새의 평균수명이 3년에서 5년 사이라지요. 비둘기는 8년, 앵무새는 20년, 인간은 80년.

두 무릎을 꿇는 것으로는 부족한 걸까요. 나는 종종 두 팔을 십자로 벌리고 땅바닥에 납작 엎드리고픈 충동에 사로잡히고는 합니다. 탑을 무너뜨리듯 스스로를 무너뜨리고, 세상 만물에 자복自服하듯 가슴과 배와 허벅지를 땅바닥에 붙이고 엎드려 최소한의 호흡만을 하고 싶을 때가 있습니다.

가,

가 닿다,

내 손이 당신 얼굴에 가 닿으려 하는 것이 느껴지나요.

녹슨 철 대문 앞에 쪼그리고 앉아 흙덩이를 매만지는 여자를 본 적 있습니다. 여자는 화분 속에서 오래 묵었는지 벽돌처럼 단단해진 흙덩이를 손으로 하염없이 매만져 부수고 있었습니다.

당신의 얼굴은 그 흙덩이를 닮았습니다.

작년 11월이었으니까 벌써 8개월이나 되었습니다. 내가 당신의 간병인이 되기 위해 고속버스를 타고 이곳 경주에 내려온 것이요. 계절이 거꾸로 흐르는 게 아닌가 싶도록 그 며칠 날씨가 포근했습니다. 고속버스에서 내리자마자 터미널 근처 분식집에 들어가 잔치국수와 김밥을 사 먹었던 기억이 납니다. 생면부지인 여자를 간병하기 위해 아무 연고도 없는 경주에 내려왔다는 사실을 실감하는 순간 참기 힘든 허기가 밀려들었습니다. 경주라는 곳에 평소 마음이 끌렸던 것도 아니어서 도로 서울로 올라가고 싶은 충동과 함께요. 어째서 경주였을까요.

나는 문득문득 어쩌자고 경주에 내려왔는지 스스로에게 묻고
는 합니다. 수십 번을 물었지만 여전히 그 이유를 모르겠습니
다.

분식집을 나와 당신이 입원한 병원을 물어물어 찾아가는
길에 노서동의 능들을 보았습니다. 노서동 고분군으로 분류되
는 능들을요. 경주에는 여러 개의 고분군이 있는데, 노서동 고
분군도 그중 하나라지요.

내가 병원 로비에 도착했을 때는 당신 남편과 약속한 시간
보다 이십여 분이 훌쩍 지나 있었습니다. 한적한 대합실 구석
에 우두커니 앉아 있는 남자를 보는 순간 나는 그가 당신 남
편이라는 걸 직감했습니다.

내가 가까이 다가가자 그가 몸을 일으켰습니다. 실어증에
걸린 듯 입을 벌린 채 몇 초간 침묵하다 말했습니다.

"혹시나 싶어 전화를 해보려던 참이었습니다."

내가 나타나지 않을 수도 있다고 생각했던 걸까요. 하기는
서울에서도 얼마든지 구할 수 있는 간병 일을 하겠다고 경주
까지 내려온다 했으니, 반신반의하지 않았을까 싶었습니다. 더
구나 나는 이 일이 처음이었습니다. 간병인으로서 내 첫인상

이 미덥지 않으면 어쩌나 하는 조바심이 뒤미처 났습니다.

　내 우려를 불식시키며 그는 엘리베이터 쪽으로 성큼 걸음을 내디뎠습니다. 둘뿐인 엘리베이터 안에서 그는 내 쪽으로 반쯤 고개를 돌리고 말했습니다.

"아내가 기다리고 있을 겁니다."

　병실에 도착했을 때 당신은 지금처럼 눈을 뜨고 있었습니다. 새 간병인을 구하는 동안 임시로 당신을 돌보던 여자가 당신의 옆을 지키고 있었습니다.

"내가 계속하면 좋은데, 손주를 봐줘야 해서……."

　너그러워 보이는 여자의 얼굴에서 당신을 계속 돌보지 못하는 것에 대한 미안함, 새 간병인을 서둘러 구한 것에 대한 안도감을 함께 읽을 수 있었습니다.

　당신을 어떻게 돌보아야 하는지 여자가 내게 설명하는 동안 그는 입석 승객처럼 병실 구석에 묵묵히 서 있었습니다. 여자는 당신에게 음식을 먹이는 방법부터 속옷을 갈아입히고 대소변을 처리하는 방법까지 자세하게 가르쳐주었습니다.

"간호사가 매일 하지만 수시로 체온을 체크해야 해요. 체온이 떨어져서 감기라도 들면 안 되니까…… 가장 무서운 게 폐렴이거든요."

여자의 설명이 끝나고 나서야 그가 사무적이지만 간곡함이 묻어나는 어투로 내게 말했습니다.

"그럼, 잘 부탁드립니다."

그가 가버리고, 조금 뒤 여자도 가버리고, 당신 곁에는 나 혼자 남겨졌습니다.

나는 어째서인지 당신 얼굴을 똑바로 바라볼 수 없었습니다. 당신 얼굴을 보는 것이 두려웠습니다.

그래서 문에 시선을 두고 물었습니다.

날 기다렸나요?

지난밤에도 나는 당신에게 물었습니다.

날 기다렸나요?

나는 한 사람만 기다려요.

누굴요?

오직 한 사람만…….

그 한 사람이 누군데요?

끝끝내 오지 않을 한 사람…….

끝끝내 오지 않을 한 사람이 누군데요?

아직은 나도 몰라요. 아직 아무도 오지 않았으니까요.

아무도요?

하지만 하나둘 오기 시작하면 알겠지요. 누가 끝끝내 오지 않을지.

아직 아무도 오지 않았다고, 당신은 말했습니다. 그럼 나 역

시 아직 당신에게 오지 않은 걸까요.

나는 아직 당신에게 가고 있는 중일까요.

내가 당신을 찾아온 게 아니라 당신이 날 찾아온 게 아닐까 하는 착각에 휩싸일 때가 있습니다.

한자리에 못처럼 박혀 내내 당신을 기다리고 있었던 것만 같은 기분이 들 때가요.

당신을 알기 전부터 나는 당신을 기다리고 있었던 게 아닐까요.

서울 흑석동 쪽 빌라에 살 때 새벽 4시면 어김없이 잠에서 깨어났습니다. 나는 다시 잠들려 애쓰는 대신 창문을 열고 골목을 내다보았습니다. 내가 세 들어 살던 빌라는 비탈진 골목 끝에 우뚝 솟아 있었습니다. 입과 코끝이 얼도록 나는 창가를 떠나지 못하고 골목을 내다보았습니다. 기다리는 사람이 골목 끝에 나타나기를 기다리듯. 기다릴 사람도 없으면서.

당신과 나 둘 중 누가 찾아왔든, 그것은 우연한 찾아듦일까요.

돌이나 나무 같은 무생물이나 해면 같은 하등동물, 어린아이에게는 우연이라는 것이 발생할 수 없다는 글을 읽은 적이 있습니다. 그 이유가, 우연은 '의도'를 가진 존재들에게만 일어날 수 있는 것이기 때문이라고 했습니다. 그러므로 의도를 갖지 못한 존재들에게 발생하는 일은 불운도, 행운도 아니라고 했습니다. 그렇다면 의도를 상실한 식물인간에게 발생하는 우연은, 엄밀히 말해 우연이 아닌 걸까요. 돌이나 나무에게 일어나는 일처럼 자연 발생적인 것, 우발적인 것으로 보아야 할까요.

식물인간에게 '의도적'이거나 '자발적'인 행동은 불가능하다지요. 눈동자의 움직임이나 눈 깜박임, 미소, 찡그림 같은 행동은 반사적인 반응에 지나지 않는다지요. 두개골 신경 기능과 척추반사 신경이 부분적으로 살아 있어서 가능한 반응 말이에요.

뚜껑 닫힌 피아노에 감도는 것 같은 침묵 속에서 당신과 내 시선은 만나지 못하고 번번이 어긋납니다.

보여질 수 있는 것이 능력이라면 보여지지 않을 수 있는 것도 능력이겠지요.

나는 의자에서 몸을 일으킵니다. 당신으로부터 돌아섭니다.

내가 창문을 열고 다시 당신을 향해 돌아서는 사이에 당신 눈이 감겨 있습니다.

인간의 눈은 하루 평균 만 번 깜박인다지요. 그렇다면 하루 평균 만 번 세계가 열렸다 닫히는 걸까요.

하루에 만 번 열렸다 닫히는 세계 앞에서 인간은 무엇을 할 수 있을까요.

'그는 아무것도 욕망하지 않는 시선 뒤에 숨고는 했다.'

그 문장을 나는 어디서 읽었을까요.

대중목욕탕 사물함 같은 옷장을 정리하다 그 안에 당신 옷이 한 벌도 걸려 있지 않은 걸 깨닫습니다. 회색 모직외투는 내가 경주에 내려오던 날 입은 옷입니다. 그 옆, 구김이 거의 없는 원피스도요. 비둘기색 원피스에는 제비꽃을 닮은 보라색

꽃무늬가 프린트되어 있습니다. 옷에 대한 욕심이 별로 없는 편이지만, 봄에서 여름으로 넘어가는 이즈음이 되면 리넨 소재의 가벼운 원피스가 입고 싶어지고는 합니다. 경주에 내려올 때 겨울옷만 챙겨와 봄옷이 필요하기도 했지만, 옷가게를 지나다 충동적으로 산 원피스를 나는 입지 않고 옷장 속에 넣어두었습니다.

11년째 식물인간 상태라지만 외출복을 한 벌쯤 가져다 놓을 만도 하지 않나 싶습니다. 당신이 깨어나기를 바라는 마음에서라도요.

환자복이 아닌 평상복을 입은 당신 모습이 보고 싶습니다. 지난 8개월 동안 연두색 환자복을 입은 당신 모습만 보아서인지, 평상복을 입은 당신 모습을 상상하는 것이 쉽지 않습니다.

원피스를 만지작거리던 나는 그것을 걸어둔 옷걸이로 손을 뻗습니다. 옷걸이에서 원피스를 빼 품으로 가져옵니다.

무대 위에서 연기를 하듯, 당신 몸을 덮고 있는 시트를 거두고 원피스를 당신 몸 위로 가져갑니다. 종종 병실이 소극장 무대처럼 생각될 때가 있습니다. 당신과 내가 무대 위에서 2인극을 하고 있는 것 같은 착각이 들 때가요.

당신에게 입히려 나는 이 원피스를 산 게 아닐까요. 프리사이즈 원피스는 내 몸 치수에 비해 큰 편으로 오히려 당신 몸에 맞습니다.

내 두 손이 침착하게 당신 몸에서 환자복을 벗기는 것을 나는 무심한 구경꾼처럼 바라봅니다.

어느새 환자복을 벗고 원피스로 갈아입은 당신이 내 앞에 누워 있습니다.

나는 신발장을 열고 구두를 꺼냅니다. 경주를 내려올 때 신은 구두입니다. 5센티 정도 굽이 있는 구두는 몇 번 신지 않아 거의 새것입니다. 나는 어째서 멀리 떠나면서 길이 안 든 새 구두를 꺼내 신었을까요.

당신 발에 구두를 신깁니다. 작을 줄 알았는데 당신 발이 구두 속에 들어갑니다.

당신이 금방이라도 일어나 병실 밖으로 걸어 나갈 것 같습니다. 빈 침대와 나를 남겨두고 뚜벅뚜벅.

당신을 바라보던 나는 뒷걸음질 칩니다. 병실 흰 벽에 등이 닿을 때까지 한 발짝, 두 발짝, 세 발짝, 네 발짝, 다섯 발짝.

벽화 속 사람처럼 벽에 꼼짝없이 붙어 서 있습니다. 2시 방향을 가리키던 시계 시침이 8시 방향을 가리킬 때까지.

*

당신은 내 손이 닿을 수 없는 곳에 있습니다.

내 시선이 닿을 수 없는 곳에.

몸

카페 통유리 너머 능들은 서로서로 실루엣이 되어주며 절묘하게 겹쳐 있습니다. 금관총, 서봉총, 호우총, 은령총, 옥포총, 마총, 쌍상총으로 불리는 저 능들 너머에 당신이 눈을 감고 누워 있을 것만 같습니다.

옷장을 정리하고 산책을 나온 게 3시가 조금 넘어서입니다. 나는 카페에 들어와 있습니다. 로션만 바른 얼굴에 내리비치는 햇볕이 따갑기도 했지만 뜨거운 커피가 마시고 싶었습니다.

'Op. 123', 그것이 지금 내가 들어와 있는 카페의 상호명입니다. 'Op. 123'은 베토벤의 장엄미사곡 작품 번호입니다. 청력을 완전히 상실한 말년에 작곡한 그 미사곡을 베토벤은 자신의 작품들 중 최고로 쳤습니다. 총 다섯 곡으로 이루어져 있는데, 1곡 '키리에Kyrie' 첫머리에 그는 써넣었습니다.

'마음에서, 또다시 마음으로 가리라.'

마음에서 마음으로 가는 것은, 파도에서 파도로 가는 것만큼 아슬아슬하고 황홀한 일일 것입니다.

파도에서 파도로, 파도의 흐름을 타고.

만약 악보를 갖게 된다면 베토벤의 장엄미사곡 중 1곡인 키리에 악보를 갖고 싶다는 생각을 한 적이 있습니다. 알토 독창이 '불쌍히 여겨주소서'라고 노래하는 악보를요. 불쌍히 여겨달라는, 한없이 겸손한 기도가 노래가 되는.

평일 대낮이어서인지 카페에 손님은 나 혼자입니다. 옆모습이 꼭 영화 〈길〉의 젤소미나를 닮은 여주인은 자신의 전용 테이블에서 책을 읽고 있습니다.

능들이 만들어내는 풍경은 베토벤의 장엄미사곡과 묘하게 닮았습니다. 고등학교 1학년 때 물리 선생님이 수업을 하다 말

고 갑자기 정년퇴직 후 경주에 내려가 살 거라고 고백하던 게 떠오릅니다. 물리 선생님이 어째서 그러한 결심을 했는지 수십 년이 지나서야 비로소 이해할 것 같습니다. 그때 벌써 반백이던 물리 선생님은 정년퇴직 후 결심대로 경주로 내려왔을까요. 조금 전 통유리 앞으로 지나간 백발의 사내가 혹시나 물리 선생님이 아니었을까 싶은 생각마저 듭니다.

출입문을 밀며 젊은 비구니 둘이 들어옵니다. 비구니들이 아이스모카와 아이스라떼를 주문하는 소리가 들립니다. 커피콩 가는 소리, 우유거품기 돌아가는 소리…… 테이크아웃 잔을 손에 든 비구니들이 까르르 웃으며 카페를 나섭니다.

정 선생님은 나나 무스쿠리가 부르는 〈사랑의 기쁨〉을 들으면 어김없이 운문사에서 만난, 여고생처럼 앳되던 비구니의 얼굴이 떠오른다고 했습니다. 그녀는 깃털만 한 인연조차 없는 그 비구니 때문에 운문사 아래 길바닥에 주저앉아 통곡했다고 했습니다. 그때 근처 카페에서 흘러나오던 노래가 바로 〈사랑의 기쁨〉이었다고요. 존 바에즈도, 다른 유명한 성악가도 아닌 나나 무스쿠리가 부른.

운문사에서 만난 비구니의 무엇이 정 선생님을 통곡하게 했을까요. 앳되던 비구니의 얼굴에서 정 선생님은 지난날 자신의 얼굴을 보았던 게 아닐까요. 자신의 얼굴들 중 가장 아름답게 기억되는, 그런데 어딘가에 잃어버린 얼굴을 말이에요.

우리는 어쩌면 날마다 얼굴을 잃어버리며 살고 있는지도 모르겠습니다. 잃어버린 얼굴을 찾아 거울 속을 헤매고는 하는 것인지도요.

능들에는 꽃꽂이를 한 듯 나무들이 드문드문 자라 있습니다. 수백, 수십 년 전 능들로 날아든 씨앗들이 싹을 틔워 나무로 자라난 것입니다. 경사진 곳에 뿌리를 내린 탓에 나무들은 곧지 못하고 구부러지고 기울어져 있습니다. 쫘배기처럼 뒤틀린 가지들 때문에 나무들이 그리는 형상은 심오한 뜻을 품은 고대 상형문자 같습니다.

경주의 능들이 특별한 이유가 나는 저 나무들에 있다는 생각이 듭니다. 나무들이 아니었다면 능들은, 그리고 능들이 만들어내는 풍경은 단조롭고 밋밋했을 것입니다. 출렁이는 나무들로 인해 능들은 바다 위를 떠가는 배처럼 점점 멀어지는 것 같은 착각을 불러일으키기까지 합니다. 한자리에 못처럼 박혀 있는 것 같지만 능들은 끊임없이 떠밀려가고 있는 게 아닐까요. 떠밀리고 떠밀려 저 자리에 도달한 게 아닐까요.

출렁이는 나무들을 보고 있으면 공중 곡예를 보는 것 같습니다. 나무들이 금방이라도 능을 박차고 훌쩍 날아오를 것 같은 게 내 몸도 덩달아 들썩입니다.

두 사람이 한 조가 되어 공중 곡예를 할 때 말이에요, 각자 양 끝에서 그네를 타다 한 곡예사가 허공으로 훌쩍 날아오르면 맞은편의 곡예사가 잡아주는. 허공으로 날아오른 곡예사는 힘껏 손을 뻗을 뿐이라고 했습니다. 맞은편의 곡예사가 자신의 손을 절대 놓치지 않고 잡아줄 거라고 믿고 손을 뻗을 뿐이라고요. 믿음이 부족해 제 쪽에서 맞은편 곡예사의 손을 잡으려고 하면 백발백중 놓치게 되어 있다고 했습니다.

내가 손을 뻗으면, 그 뻗은 손을 잡아줄 거라는 믿음.

허공으로 내던져진 나를 누군가에게 온전히 맡기는 믿음, 그 믿음은 저절로 생겨나는 걸까요.

그러고 보면 내게는 늘 그 믿음이 부족했던 게 아닌가 싶습니다. 그래서 여태껏 단 한 번도 두 눈을 질끈 감고 허공으로 손을 내뻗은 적이 없지 않나 싶습니다.

어릴 때 아버지의 자전거 뒤에 타고 가다 자전거가 넘어지는 바람에 얼굴에 크게 상처를 입은 적이 있습니다. 평소 앞머리를 내려 이마를 가리는 것은 그때 생긴 흉터 때문입니다. 아버지와 닭을 사러 시장에 다녀오던 길이었습니다. 평지를 달리다 비탈길에 들어선 자전거에 갑자기 속도가 붙었습니다. 나는 왜소하고 마른 아버지가 속도를 감당하지 못할 거라고 생각했습니다. 더구나 자전거는 녹이 슬고 낡아 삐걱삐걱 비명을 질렀습니다. 내가 불안해하자 아버지가 타이르는, 그러나 자전거의 떨림이 고스란히 느껴지는 목소리로 말했습니다.

"아빠를 꽉 잡아라."

"넘어질 것 같아!"

"아빠를 꽉 잡으면 안 넘어진다."

자전거는 결국 비탈길을 끝까지 내려오지 못하고 나뒹굴었습니다. 넘어지지 않을 거라는 말을 믿고 아버지를 꽉 잡았더라면 자전거가 무사히 비탈길을 내려왔을까요.

손을 뻗으면, 그 뻗은 손을 놓치지 않고 잡아줄 거라는 믿음. 그 믿음이 내게 결핍되어 있다면 나는 어디서 그 믿음을 구해야 할까요.

눈을 감고 힘껏 손을 뻗어보고 싶습니다.

그 어떤 손이 한 줄기 빛처럼 뻗어와 내 손을 잡아줄 거라는 믿음에 내 전 존재를 맡기고 싶습니다.

능들 위로 새가 한 마리 사선을 그리며 날아갑니다. 까마귀나 까치는 아닙니다. 직박구리일까요. 찌르레기인지도 모르겠습니다. 저 새가 내 시야로 날아들 확률은 얼마일까요. 얼마의 확률을 뚫고 저 새는 내 시야로 날아들었을까요. 십만 분의 일, 백만 분의 일, 천만 분의 일……? 내가 경주에 내려오지 않았다면, 그래서 이 자리에 존재하지 않았다면 저 새가 내 시야로 날아들 확률은 0이겠지요.

통유리 밖으로 중년의 두 여자가 나란히 지나갑니다. 파란 모자를 쓴 한 여자가 지나갑니다. 한 여자가 자전거를 타고 지나갑니다. 배가 불룩한 한 남자가 지나갑니다. 한 늙은 남자가 지나갑니다. 한 젊은 여자가 휴대전화로 통화를 하며 지나갑니다.

길어야 이삼십 초. 짧게는 이삼 초의 시차를 두고 지나가는 사람들 사이에 수억 광년의 시간이 놓여 있는 것만 같습니다.

삼 초의 시차를 두고 지나간 두 여자. 그 두 여자가 삼 초의 시차를 극복하고 나란히 걸어갈 확률은 얼마일까요. 어쩌면 영원히 극복 불가능한 삼 초, 그 삼 초가 당신과 나 사이에 놓여 있는지도 모르겠습니다.

*

"한참 찾던데……."

병실로 들어서는 나를 정옥 아주머니가 보랏빛이 돌도록 퀭하게 꺼진 눈으로 노려봅니다. 머리에 초록색 스카프를 두른 모습이 꼭 앵무새 같습니다. 사흘 전 옆 침대에 입원한 간암 환자로, 입원 첫날 식물인간은 처음 본다며 당신 얼굴을 한참 들여다보았습니다. 그녀는 보호자도 간병인도 없이 혼자 투병하고 있습니다. 아들이 둘 있는데 하나는 서울에 살고 있고, 다른 하나는 거제 조선소에 다니고 있다고 했습니다.

"어딜 갔느냐고 묻는데 내가 알아야지."

"누가요?"

"여자였는데……."

그녀의 얼굴에 난감해하는 빛이 스칩니다.

"저를 찾았어요?"

"하여간 애타게 찾았는데…… 내가 제정신이 아니어서 제대로 물어보지 못했네. 병원에서 준 약이 얼마나 독한지 먹고 나면 맥이 탁 풀리는 게 눈앞이 캄캄하니 옆에서 하는 소리도 가물가물 겨우 들리니까."

그녀는 병실 흰 벽을 노려보며 종잡을 수 없는 말을 중얼거립니다.

"분명 저를 찾았어요?"

내가 묻는 말이 들리지 않는 것인지, 더는 신경 쓰고 싶지 않은 것인지 그녀가 침대에 벌러덩 누워버립니다.

"먹고사는 게 얼마나 바쁘면 아들 두 놈 다 전화 한 통 없네…… 내 친정어머니는 참 곱게 돌아가셨는데…… 나도 친정어머니처럼 곱게 죽어야 할 텐데…… 자개장롱을 들여놓고 한 달도 안 돼 주무시다 돌아가셨으니까…… 그렇게나 갖고 싶어 하던 자개장롱을 얼마 써보지도 못하고 돌아가셔서 속이 상하지만 고통 없이 돌아가셨으니까⋯⋯."

비몽사몽 속을 헤매듯 앞뒤 없이 중얼거리는 소리가 병실 분위기를 기묘하게 만들어버립니다.

누굴까요. 누가 나를 찾았을까요.

그럴 리 없다는 걸 알면서도 당신이 아니었을까 하는 생각이 떨쳐지지 않습니다. 그러나 지난 8개월 동안 당신 입에서 토해진 소리는 분절음뿐이었습니다. 깨져 산산조각 난 음절의 파편들 말이에요. 간혹 당신 입에서 분절음들이 한꺼번에 토해질 때가 있습니다. 게나 가재 같은 갑각류가 통째로 으깨지는 것 같은 소리를 내며.

*

한 줄 금처럼 당신의 이마로 흘러내린 머리카락, 먹물에 담갔다 꺼낸 듯 유난히 까만 머리카락을 손으로 쓸어 올리는 내 손가락이 떨립니다.

올해 마흔네 살인 당신의 얼굴은 나이 들어가는 여자의 얼굴입니다.

흐르는 얼굴.

흐르다 한순간 근육들을 경직시키고 가만히 한곳을 응시하는 얼굴.

나이 들어가는 여자의 얼굴보다 섬세한 얼굴이 또 있을까요.

당신 얼굴에 손을 담그고 싶습니다.

6월 밤이라서인지, 창으로 드는 바람에 나무 수액 냄새가 짙습니다. 나무들은 자신에게 달린 잎들 하나하나에, 가장 작고 여린 잎에도 골고루 수액을 나누어주겠지요. 나뭇잎들이 하루가 다르게 짙어지는 것을 실감하는 요즘입니다. 작년 11월 경주 터미널에 발을 내디딜 때만 해도 경주에서 여름을 맞게 될 줄 몰랐습니다.

병실 안에는 나박김치 냄새가 희미하게 남아 떠돌고 있습니다. 오후 내내 속이 메슥거린다며 힘들어하던 정옥 아주머니는 올케라는 이가 담가 온 나박김치 국물을 먹고 겨우 진정되었습니다. 맛을 보라며 내게 한 국자 나누어준 나박김치에는 미나리가 듬뿍 들어 있었습니다. 아삭아삭한 식감이 살아 있

는 미나리를 씹으며 운문사 아래 농장에서 재배한 미나리일지도 모르겠다는 생각을 불쑥 했습니다. 나박김치 특유의 맛을 모르는 것은 아니지만, 경주 여자가 담근 나박김치 맛은 뭔가 색다르고 특별했습니다. 어릴 때 어머니가 설 즈음이 되면 담그던 나박김치에는 없던 미나리가 들어가서겠지요.

아까부터 몸이 근질근질하고 코르크 마개가 목을 틀어막고 있는 것처럼 답답한 게 병실을 뛰쳐나가고 싶습니다.

당신의 겨드랑이로 손을 넣어보니 축축하게 땀이 차 있습니다.

아무래도 당신 몸을 닦여야겠습니다. 가제 손수건과 면 수건, 세숫대야, 미지근한 물이 필요합니다.

물을 받은 세숫대야를 발밑에 가져다 놓고, 당신 몸에서 환자복을 벗깁니다.

처음 당신 몸을 닦일 때 내가 느꼈던 어색함과 당혹스러움을 말로 어떻게 설명해야 할까요. 자매 없이 자라서인지 나 자신이 여자임에도 나는 여자 몸이 낯설기만 합니다. 여자아이가 자신의 몸에는 없는 젖가슴과 엉덩이, 음모를 엄마의 몸에서 발견하는 순간 느끼는 당혹스러움이 이러할까요.

여성이라는 성性 안에는 수십 가지의 성이 존재하는 것 같다는 생각을 한 적이 있습니다. 그렇다면 당신과 나는 크게 여성이라는 같은 성으로 묶이지만 그 안으로 들어가면 다른 성으로 분류되는 게 아닐까요. 내가 당신의 벌거벗은 몸을 대할 때 동질감과 함께 이질감을 느끼는 것은 그 때문이 아닐까요.

익숙해질 만도 한데 당신을 닦이는 것이 매번 만만치 않습니다. 게다가 어떤 돌발 상황이 발생할지 몰라 여간 조심스러운 게 아닙니다. 지난겨울 당신 몸을 닦이고 난 뒤, 당신의 체온이 갑자기 35도까지 내려간 적이 있었지요. 체온이 떨어지면 폐렴이 올 수 있기 때문에 당신은 중환자실로 보내졌습니다. 그제야 나는 중환자실행이 처음이 아니며, 지난 11년 동안 당신이 여러 번 위험한 고비를 넘겼다는 사실을 알고 더럭 겁이 났습니다. 그래서 당신의 간병인으로 취직한 지 한 달도 안 되어 당신 남편에게 새 간병인을 알아보라고 말한 것이겠지요.

그는 원망이 담긴 눈길로 나를 바라보았습니다.

"아내가 마음에 들어 하는 것 같아서 안심하고 있었는데…… 난감하네요."

"무슨 말씀이신지……?"

"아내가 마음에 들어 하는 것 같았거든요. 까다롭다는 소리를 들을 정도로 아내가 사람을 가리는 편입니다."

"그걸 어떻게 아나요?"

"지난번 다녀갔을 때 아내 표정이 평온해 보였거든요."

그때 마침 간호사가 그를 불렀습니다. 간호사와 이야기를
마치고 돌아온 그가 내게 말했습니다.

"일반 병실로 옮겨도 될 것 같다고 하네요. 간병인은 알아보
겠지만 시간이 걸릴 수도 있습니다. 금방 구해질까 모르겠습니
다. 사람을 구하는 게 쉽지 않아서요."

새 간병인이 금방 구해졌다면 나는 벌써 당신을 떠났겠지
요. 지금까지 당신 옆에 머물러 있지 않겠지요.

당신의 몸을 닦이기 전 왼쪽 턱 아래, 맥박이 뛰는 곳을 손
가락으로 가만히 짚어봅니다.

초침보다 반의 반 박자 정도 빠르게 뛰는 맥박을 손가락으
로 슬쩍 눌렀다 뗍니다.

나는 귀부터 닦아나갑니다. 젖은 가제 손수건을 엄지손가락
에 돌돌 말아, 귀 뒤쪽 골짜기처럼 깊고 굴곡진 곳을 조심스럽

게…… 도톰한 귓불과 귓바퀴도 문질러줍니다.

한 손으로 당신 머리를 받치고 목덜미를 문지릅니다. 제비초리가 만져집니다. 당신과 내 몸 중 닮은 곳이 있다면 제비초리가 뾰족이 내려온 목덜미가 아닐까요. 초등학교 4학년 때 어머니는 나를 동네 미용실로 데리고 가 머리를 머슴애처럼 짧게 깎였습니다. 내 머리에 대고 망설임 없이 가위질을 하던 미용사가 갑자기 가위를 거두더니, 제비초리가 있어서 머리 모양이 예쁘게 나오기는 글렀다며 불평했습니다. 제비초리가 뭔지도 모르면서 나는 막연히 그것이 내 몸의 약점 같은 것이구나, 생각했습니다.

당신의 어떠함이 드러나는 부분이 있다면 어깨일 것입니다. 부화 중인 달걀처럼 둥그스름하고 따스한 온기가 느껴지는 게, 당신이 선한 사람일 거라는 확신이 듭니다.

정 선생님은 선함도 재능이라 생각한다고 했습니다. 그러니 선함은 결코 자랑할 것이 못 된다고요. 재능은 갈고닦아야 빛나는 것이니, 선함 역시 녹슬지 않기 위해서는 갈고닦아야 한다고요.

'임종의 순간 그는 신으로부터 선善을 향한 의지를 선물 받았다.'

그 문장을 나는 어디서 읽었을까요.

고가구에 새겨진 문양 같은 쇄골을 닦고, 겨드랑이와 팔을 닦습니다.

당신의 몸 중 가장 흥미로운 곳이 어딘지 당신에게 말했던 가요. 배꼽 아래 출산의 흔적. 메스가 그곳을 긋고 지나가던 순간을, 한 생명이 태어나던 순간을, 당신 몸은 기억하고 있을까요.

당신에게는 아들이 하나 있습니다. 당신 아들을 나는 사진으로만 보았습니다. 당신 머리맡 사이드테이블에는 그의 사진 액자가 놓여 있습니다. 유치원 때 찍은 사진일까요. 개나리색 티셔츠에 남색 반바지를 입은 소년이 앞니가 두 개나 빠진 입을 벌리고 웃고 있습니다. 올해 열여섯 살인 당신 아들은 캐나다에 사는 큰형 부부 밑에서 자라고 있다지요. 목회 일을 하는 큰형 부부가 한국에 나왔다가 캐나다로 들어갈 때 조카를 데리고 갔다지요. 당신이 쓰러진 이듬해에 데리고 들어갔다니,

당신 아들이 당신을 떠난 지도 10년이 되었습니다.

오늘따라 당신 몸이 낯선 게 처음 대하는 몸 같습니다.

당신 몸을 누구의 몸보다도, 나 자신의 몸보다도 잘 알고 있다고 생각했었습니다. 당신 남편보다도요. 당신의 몸 구석구석을 훤히 외우고 있어, 눈을 감고도 당신의 몸인지 아닌지 단번에 구별해낼 수 있다고 자부했었습니다.

그런데 갑자기 당신 몸을 모르겠습니다. 본 적도 만진 적도 없는 몸처럼 한없이 낯선 게 모르는 몸 같습니다. 혀로 핥고, 입으로 빨고, 이로 깨물어도 모를, 모르는 몸만…….

내가 당신 몸을 아는 것은 애초에 불가능한 일인지도 모르겠습니다. 구태여 당신 몸이 아니라 하더라도, 몸을 안다는 것은요. 자신의 머리 속 실핏줄이 터지는 것도 모르는 게 우리 인간이 아니던가요.

머리 속 실핏줄 한 가닥에 운명이 달려 있기도 하다는 걸 당신은 상상이나 했을까요. 0.5밀리 볼펜으로 그은 것 같은 실핏줄 한 가닥에요.

11년 전 당신은 아파트 엘리베이터 안에서 쓰러졌다고 했습니다. 택배 기사가 쓰러져 있는 당신을 발견하고는 경비실에 알렸고, 경비원의 신고로 119가 왔을 때는 이미 늦어 손을 쓸 수 없었다고 했습니다.

내가 당신의 간병인이 된 지 한 달 남짓 되었을 때 당신 친구가 다녀갔습니다. 중학교 3년 내내 단짝이었다는 여자는 아직도 당신이 식물인간이라는 사실이 믿기지 않는다고 했습니다. 불행한 결혼 생활 끝에 이혼하고 보험 일을 해 두 딸과 먹고사는 여자 자신이 아니라, 당신이 쓰러진 것이요. 여자는 당신이 얼마나 순탄한 인생을 살아왔는지 내게 들려주었습니다.

울산에서 대학교를 나온 당신은 졸업 후 정유 회사 홍보과에 다니다, 학예사인 남자를 만나 결혼했습니다. 울산이 고향인 당신이 경주에 자리 잡은 것은, 남편 고향이 경주인 데다 그가 경주국립박물관에서 근무하고 있어서였습니다. 친지들의 축복 속에서 결혼식을 올린 당신은 이듬해 아들을 낳았습니다. 아이가 유치원에 들어간 뒤로 여유가 생겨 바느질과 천연 염색을 배우며 만족스러운 일상을 꾸려나갔습니다. 쓰러지기 며칠 전 마지막 전화 통화 때 당신이 한 말을 여자는 고스란히 기억하고 있었습니다. 당신이 그랬다지요.

"어젯밤에는 바느질 공방에서 사귄 여자하고 안압지 연꽃밭으로 연꽃을 따러 갔어. 여자가 연꽃을 따러 가자고 하기에 뭣도 모르고 따라갔지. 폭염이 길수록 연꽃이 더 아름답다는 것도 그 여자가 알려주어서 알았다. 밤 10시에 법원 앞에서 만나 안압지로 출발하자고 하기에 연꽃은 밤에 따는 줄 알았는데, 그게 아니었지 뭐니. 연꽃을 따는 게 불법이라 몰래 따느라 그 늦은 시간에 따러 간 거였어. 달빛을 받은 연꽃들이 얼마나 황홀한지 탄성이 저절로 나오더라. 미옥아, 너도 잘 알겠지만 내가 겁이 많지 않니. 불법이라고 들어서 나는 연꽃을 딸 엄두도 못 내고 벌벌 떨고 있는데, 여자가 장화로 갈아 신더니 바구니를 들고 연꽃밭으로 저벅저벅 들어가지 뭐니…… 경주 여자들은 연꽃을 따다가 집을 장식한다. 항아리 뚜껑 같은 것에 물을 받고 연꽃을 한 송이 띄우면 묘한 운치가 있거든. 전등을 켜놓은 것처럼 연꽃 하나가 집 안을 환하게 밝힌다. 자정에야 연꽃을 들고 현관으로 들어서는 나를 우리 남편이 보고는 경주 여자가 다 됐다며 웃더라."

당신 친구가 들려주는 이야기를 들으며 경주 여자가 되려면 연꽃을 따다 집을 꾸밀 줄 알아야 하는구나 생각했습니다. 경주에서 한 10년쯤 살면 나도 경주 여자가 될 수 있을까요. 경주 사투리 특유의 억양이 서울 표준어를 쓰는 내 말투에 자연스럽게 섞여들까요. 경주 사투리 억양은 대구 사투리 억양하고도, 부산 사투리 억양하고도 다릅니다. 대구 사투리 억양보다는 억세고, 부산 사투리 억양보다는 무심한 게……. 당신은 경주가 고향인 남자와 결혼하고 경주에 터를 잡고 살면서 자연스럽게 경주 여자가 되어갔겠지요.

당신이 연꽃을 따러 안압지 연꽃밭을 찾아가던 날이 어쩌면 내 생일이었는지도 모르겠습니다. 당신과 나는 마흔네 살 동갑입니다. 나는 12월생인 당신보다 다섯 달 먼저인 7월에 태어났습니다.

서울에서 태어나고 자란 내가 경주 여자가 되는 것은 아무래도 쉽지 않을 것 같습니다. 내려온 지 어느덧 8개월이나 되었지만 내가 본 경주는 화랑로와 중앙로가 만나는 중앙사거리 근처 병원 일대와 노서동 능들, 월성초등학교와 경주제일교회 사이 봉황로가 전부입니다. 병원에서 걸어서 십 분 남짓 거리에 있는 서천에도, 대릉원에도, 첨성대에도 나는 아직 가보지 못했습니다. 중학교 수학여행 때 불국사와 석굴암을

둘러보았지만 이상하게 기억이 없습니다. 반면에 일박을 했던 부곡하와이는 생생하게 기억이 납니다. 숙소에 떠돌던 곰팡내와 저녁으로 나온 짜장면에 달걀프라이가 올려져 있던 것까지도요.

경주에서 여름을 나게 된다면 안압지 연꽃밭으로 연꽃을 보러 가야겠습니다. 혹시라도 장화를 신고 연꽃밭에 몰래 들어가 연꽃을 따는 여자를 만나면 당신을 아는지 물어봐야겠습니다.

아, 당신의 엉덩이…… 고백하자면 당신의 엉덩이를 닦일 때마다 나는 묘한 흥분을 느낍니다. 성적인 흥분과 닿아 있지만 꼭 그것이라고 할 수 없는 야릇하고 은밀한 흥분이 싫지 않습니다. 밋밋하고 빈약해 어쩐지 여성성이 부족하게 느껴지는 내 엉덩이와 다르게 당신의 엉덩이는 육감적으로 느껴질 만큼 풍만합니다.

당신의 엉덩이는 경주의 능들을 닮았습니다.

*

기저귀를 갈아주다 허벅지 안쪽에 멍이 들어 있는 것을 발견했습니다. 나 말고는 아무도 당신 몸을 만지지 않았습니다.

지난밤 당신 몸을 닦이던 내 손길이 거칠었던 걸까요. 그러나 나는 물 묻힌 가제 손수건과 면 수건으로 금 간 도자기를 닦듯 조심스럽게 당신 몸을 닦였습니다.

처음 있는 일은 아닙니다. 처음 당신 몸을 닦일 때도 종아리에서 멍을 발견했으니까요. 나는 전 간병인을 의심했습니다. 종아리의 멍이 옅어지고 팔뚝에서 새로 멍이 발견될 때까지 아무 잘못도 없는 그 여자를요.

물리적 폭력은커녕 손가락조차 닿지 않았는데 당신의 몸 어딘가 퍼렇게 멍들어 있고는 합니다.

혹시 당신 자신일까요. 당신이 자학하듯 스스로의 몸에 폭력을 가하고 있는 것은 아닐까요. 11년을 침대에서 누워 지내는 동안 면역력이 떨어져 자연 발생하는 것이라고 이해하기에는 뭔가 석연찮은 데가 있습니다.

내 외할머니는 요양원에서 죽음을 맞았습니다. 자식을 일곱 명이나 두었지만 당뇨와 그로 인한 합병증으로 눈이 멀고 살이 썩어드는 외할머니를 모시겠다고 나서는 자식이 하나도 없었습니다. 어머니와 함께 마지막으로 찾아뵈었을 때 외할머니의 두 손은 침대에 끈으로 묶여 있었습니다. 자포자기한 듯 허공을 향해 입을 벌리고 단말마의 숨을 고통스럽게 토하는 외할머니를 바라보던 나는 요양보호사에게 따지듯 물었습니다.

"손을 왜 묶어둔 거예요?"

"누구는 묶어두고 싶어서 묶어두는 줄 알아요? 손을 풀어주면 얼굴을 사정없이 긁어 금세 피투성이로 만들어놓는데 어떡해요."

요양보호사의 불만 섞인 항변에 나는 더는 아무 말도 할 수 없었습니다.

요양보호사의 말을 증명하듯 외할머니의 얼굴은 강판에 간 감자처럼 흉터투성이였습니다.

어머니의 중얼거리는 소리가 들려온 것은 요양보호사가 병실을 나가고 나서였습니다.

"어머니, 살 만큼 살았으면 그만 가세요. 어머니가 당장 죽어도 아쉬워할 사람 하나 없으니까 그만 가세요."

집으로 돌아오는 버스 안에서 나는 어머니에게 묻지 않을 수 없었습니다.

"왜 그렇게 말씀하셨어요?"

차창 속 흔들리는 자신의 얼굴을 노려보던 어머니가 마지못한 듯 입을 열었습니다.

"떠날 사람을 붙잡고 늘어지는 것도 못할 짓이야. 야멸치더라도 떠나는 사람이 한 톨 미련 없이 떠나게 해주는 게 서로에게 좋아. 내가 쓸데없이 오래 살면 너도 꼭 그렇게 말해라. 잘 기억해두었다가 내가 네 외할머니한테 한 고대로 해라."

어머니는 후회하고 있었습니다. 자신의 딸로부터 되갚음을 받고 싶은 심정일 만큼이나. 그러나 나는 어머니가 시간을 되돌린다 하더라도 외할머니에게 똑같이 말하리라는 것을 알 수 있었습니다.

*

복도 끝 유리창에 글자를 쓰는 남자를 보았습니다. 벽처럼 고정되어 있어서 열 수도 닫을 수도 없는 유리창에요. 입원 중인 환자인지 남자는 환자복을 입고 있었습니다. 몸이 얼마나 말랐는지 아이가 어른 옷을 입은 것처럼 환자복이 헐렁했습니다. 남자는 손가락을 붓 삼아, 물을 먹 삼아, 유리창을 종이 삼아 글자를 쓰고 있었습니다. 한낮의 눈부신 빛이 유리창으로 들이치고 있었습니다. 남자는 투명한 플라스틱 용기에 담긴 물을 엄지손가락에 묻혀 글자를 썼습니다. 쓰자마자 허공으로 증발해버리는 글자를요. 처음에는 남자가 의미 없는 낙서를 하는 줄 알았는데 똑같은 글자를 반복해서 쓰고 있다는 걸 알 수 있었습니다. 아홉 획으로 이루어진 글자라는 것도요.

한자일 수도 한글일 수도 있는 글자가 무슨 글자인지 궁금했습니다. 그 글자가 신이 내게 보내오는 화두처럼 의미심장하게 여겨져 남자에게 다가가 묻고 싶었지만 엄두가 나지 않았습니다. 내가 남자에게 말을 거는 순간 남자가 물로 쓴 글자처럼 증발해버릴 것 같았습니다.

남자는 한순간 유리창에서 돌아섰습니다. 복도 한가운데 서 있는 내가 보이지 않는 듯 남자는 눈길 한번 주지 않고 나를 지나쳐갔습니다.

나는 유리창으로 다가갔습니다. 남자가 두고 간, 투명한 플라스틱 용기를 들여다보았습니다. 용기 속에는 물이 두서너 모금 들어 있었습니다. 나는 물에 엄지손가락을 담가보았습니다. 물은 뜨겁지도 차갑지도 않았습니다. 남자가 붓을 두고 가 듯 엄지손가락을 물속에 담가두고 간 것만 같았습니다. 그러 니까 남자의 엄지손가락과 내 엄지손가락이 두 개의 붓처럼 물속에 담겨 있는 것만.

나는 불현듯 고개를 들고 유리창 너머를 응시했습니다.

병원 담 너머로 버스정류장과 만두가게가 내려다보였습니 다. 만두를 찌는 중인지 길가에 내놓은 찜통이 성난 황소처럼 무섭게 연기를 내뿜었습니다. 여남은 사람이 버스정류장 근처 에 모여 있었습니다. 버스가 와서 섰고 사람들은 동요를 일으 키며 흩어졌습니다. 세 사람이 버스를 타고 떠나고 남겨진 사 람들은 아직 오지 않은 버스를 기다렸습니다.

나는 유리창으로 손을 뻗었습니다. 암각화처럼 글자가 새겨 져 있기라도 한 듯 유리창을 어루만졌습니다.

100억 년이 넘는다는 우주의 나이를 헤아려보자면, 인간은 물을 손가락에 찍어 유리창에 쓰는 글자 같은 존재가 아닌가 싶습니다.

존재하자마자 사라져버리는.

존재했던 흔적조차 흔적도 없이.

남자가 605호 병실에 입원한 환자라는 것을 알았습니다. 감포 아주머니로 불리는 간병인이 돌보는 환자라는 것도요. 이제 겨우 마흔두 살인 폐암 환자로 암이 뇌에 전이되어 며칠 전 입원했다는 것도요.

*

당신이라는 존재를 통해 나라는 존재를 문득 확인받고는 한다는 고백을 당신에게 해야 할까요. 지난 새벽에는 당신과 내가 탯줄 같은 것으로 이어져 있는 듯해 설레기까지 했습니다. 서로에게 절대적인 존재가 되어 광대무변의 검푸른 우주를 아다지오 선율에 맞추어 2인무를 추듯 떠돌고 있는 것 같은 기이한 황홀경을 맛보기도 했습니다.

경주에 내려오기 전 나는 인생이 다 흘러가버린 것 같은 허무감에 시달리고 있었습니다. 스스로가 아무것도 아니라는 절망감과 앞으로의 나날이 지금까지의 나날보다 더 불행하고 외로울 것이라는 불안감이 벌레가 되어 나를 갉아먹고 있었습니다. 벌레가 톱날 같은 입으로 나를 조금씩 갉아먹는 환청이 들릴 때마다 끔찍하기보다는 나라는 존재를 남김없이 갉아먹었으면 하는 간절한 심정이었습니다. 머리카락 한 올도, 손톱 하나도 남기지 않고요.

첫 발작은 그러던 중 찾아왔습니다. 공교롭게도 나는 무대 위에서 발작을 일으키며 쓰러졌습니다.

발작이 아니었으면 나는 무대를 떠나지 않았을까요. 그랬다면 경주까지 내려와 당신을 만날 일도 없었겠지요.

무대 위의 삶이 중단되면, 무대 아래의 내 삶도 자연히 중단될 줄 알았는데 계속되고 있으니.

발작이 아니었어도 나는 무대를 떠나야 했을지 모릅니다. 무대 아래의 삶은 무대 위의 삶을 위해 온전히 희생되고 있었습니다. 그즈음 나는 경력 15년차 배우라는 말이 무색하게도 한 달 수입이 20만 원 남짓이라, 편의점 아르바이트로 생계를 이어나가고 있었습니다.

*

남자가 유리창 앞에 두고 간 용기에 물을 반 넘게 채워놓았습니다.

*

나는 아직도 당신에게 가고 있는 중일까요.

그렇다면 나는 당신에게 닿지도 않았는데, 당신을 떠날 수가 없는 걸까요.

시
간

지난 새벽 당신 손이 가 닿으려던 것은 무엇이었을까요.

가,

닿으려던,

아카시아 꿀처럼 눈부시고 달콤한 새벽빛이 번져오는 허공에서 흐느끼듯 떨고 있는 당신 손을 보았습니다.

놀란 새처럼 당신 손이 경기를 일으킬 때가 있습니다. 혹은 손가락 하나가 '도'나 '레' 건반을 반복해서 내리치듯 집요한 떨림 속에 있을 때가요.

당신 손바닥에 죽은 나방을 놓아준 적이 있습니다. 무심결 옷장 안에서 죽어 있던 나방을 집어 당신 손바닥으로 가져갔습니다. 그런데 내가 눈을 감았다 뜨는 사이에 나방이 사라지고 없었습니다. 나방이 소생해 날아간 것이라고밖에 그 기이한 경험을 이해할 도리가 없었습니다. 그게 아니라면 내가 꿈을 꾼 것이거나.

나는 의자에서 몸을 일으킵니다. 문으로 걸어갑니다. 반쯤 열려 있는 문을 닫고 의자로 돌아옵니다.

병실에는 당신과 나, 둘뿐입니다.

감은 태엽이 다 돌아간 오르골처럼 세상 모든 게 멈추어버린 것 같습니다.

누군가 저 문을 열고 들어섰을 때 당신과 내가 먼지로 사라지고 없었으면.

변화의 첫 순간도 없고, 변화하는 첫 부분도 없다고 아리스토텔레스는 말했습니다. 변화하고 있는 것은 이전에 변했고, 변했던 것은 이전에도 변화하고 있었다고.

'순간' 같은 시간개념은 어쩌면 허상에 불과하지 않나 하는 생각이 듭니다. 순간이라는 단어만 존재하는 것이 아닌가 하는. 그렇다면 인간은 태어나서 죽을 때까지 순간을 경험하지 못한 채 살다 가는 것이겠지요.

순간과 영원, 두 개념 중 인간은 어느 개념을 먼저 인식했을까요.

영원이라는 것은 혹 순간과 순간 사이에 갈피처럼 존재하는 게 아닐까요. 그것을 떠 담은 접시의 무늬가 비쳐 보일 정도로 얇은 복어회, 그 복어회보다 얇은 순간들 사이에요.

당신의 오른손을 끌어다 내 왼손 위에 포개듯 올려놓습니다. 당신 손은 여자 손치고 크고 두툼한 편인 데다 잘 붓습니다. 혈액순환이 안 돼서 붓는 거라는 간호사의 말을 들은 뒤로 나는 자주 당신 손을 마사지합니다.

맞잡은 당신 오른 손바닥과 내 왼 손바닥 사이에 온기가 고여드는 것이 느껴지나요.

우물에 물이 고이듯 고여드는 온기의 온도는 몇 도쯤 될까요. 병아리의 부화 온도가 37.5도라지요.

오늘 아침 당신 체온은 37.2도였습니다. 내 체온은 37.9도였고요. 한 번도 그런 적이 없었는데 오늘 아침 나도 모르게 충동적으로 당신 귓속에 넣었다 꺼낸 체온기를 내 귓속에 넣고 체온을 재보았습니다. 당신 체온과 내 체온이 얼마나 차이 나는지 알고 싶었습니다.

당신의 오른 손바닥과 내 왼 손바닥이 만나 빚은 온기의 온도가 37.5도가 아닐까요. 병아리를 부화시키기에 적당하다는.

가만가만 당신 손을 마사지하던 나는 한순간 뿌리치듯 당신 손을 놓아버립니다. 당신 손이 죽은 새라도 되는 듯.

내 몸이 당신 몸의 일부 같은 착각이 들어서였습니다. 그러니까 내 몸이 당신 몸의 연장延長 같은……

*

당신은 당신이 느껴지나요.

나는 내가 느껴지지 않을 때가 있습니다.

*

당신과 나는 한 시간째 서로를 바라보고 있습니다.

말없이,

시선 없이,

눈빛도 없이,

내가 보이나요?

시도 때도 없이 거울을 들여다보는 여자처럼 나는 당신 얼굴을 수시로 들여다봅니다.

눈을 감으면 당신 얼굴이 가장 먼저, 심지어는 세상에 단 하나뿐인 얼굴인 듯 당신 얼굴만 떠오를 정도지만, 그 어느 날 나는 당신 얼굴을 기억 못할지도 모릅니다.

그런데 당신은 당신이 있어야 할 곳에 있는 걸까요.

그리고 나는 내가 있어야 할 곳에 있는 걸까요.

*

지난번 당신 여동생이 다녀가며 놓고 간 수분크림을 당신 얼굴에 발라주는데, 까맣게 잊었던 연극 대사가 저절로 중얼거려졌습니다. 죽순이 올라오듯 그렇게 연극 대사의 한 대목이 목구멍에서 쑥 올라올 때가 있습니다. 10년도 더 전 극장 '목성'에서 공연했던 연극으로, 나는 '메리'라는 하녀 역할을 맡았습니다.

방금 태어난 아기를 씻기며 메리가 아기에게 묻습니다.

"넌 몇 살이니?"

당신은 몇 살인가요?

당신은 마흔네 살이 아닐지도 모릅니다. 나 또한 마흔네 살이 아닐지도 모릅니다.

내 외할머니는 돌아가실 즈음 당신 나이가 스물여섯 살인 줄 알았습니다. 외할머니의 이름을 나는 외할머니가 돌아가시고 나서야 알았습니다. 아무도, 어머니조차 내게 외할머니의 이름을 가르쳐주지 않았던 데다 나 자신도 궁금해하지 않았던 탓이겠지요. 실은 돌아가시기 전까지 외할머니의 이름을 모르고 있다는 사실조차 나는 자각하지 못했습니다. 여태 살아 계시다면 나는 외할머니의 이름을 여전히 모르고 있겠지요.

그런데 방금 세상에 태어난 아기는 몇 살일까요.

슬픈 일이라도 있나요. 당신 숨소리가 어느 때보다 낮고 느립니다.

감정의 변화에 따라 숨소리의 강도와 속도가 달라진다는 걸, 그에 따라 동공의 크기와 광채가 미묘하게 변화한다는 걸 알고 있나요. 분노가 일 때 숨소리는 급하고 거칠어집니다. 동공이 확장되며 날 선 빛을 발산합니다. 슬픔을 느낄 때 숨소리는 느려지며 동공은 수면 아래로 잠기듯 낮게, 잔잔한 빛을 발하며 가라앉습니다.

당신 내면에 일어나는 감정 변화를 당신 숨소리의 변화로, 그에 따라 달라지는 동공의 변화로 짐작할 따름입니다.

당신 숨소리와 다르게 내 숨소리는 들떠 있습니다. 들떠 딸꾹질처럼 토해지는 숨을 진정시키기 위해 당신이 숨을 토할 때 나도 숨을 토하고, 당신이 숨을 들이마실 때 나도 숨을 들이마십니다.

23년 전, 무대 위에 서기 위해 내가 가장 먼저 연습한 것은 호흡이었습니다. 들이마신 숨을 온몸으로 발산하는 법을 익히는 것이었습니다. 몸짓으로도, 표정으로도, 눈빛으로도 내쉬는…….

발작 후 나는 호흡하는 법을 깡그리 잊어버렸습니다. 무대로 돌아가기 위해서는 호흡하는 법부터 다시 익혀야겠지요. 호흡에도 문법이 있다면 나는 그 문법을 당신으로부터 배워야 하는지도 모릅니다.

당신 숨과 내 숨은 좀처럼 일치되지 못하고 돌림노래처럼 어긋납니다.

사실은 607호 병실을 지나다 아랫도리를 내놓고 버둥거리는 노인을 보았습니다. 무심결 607호 병실 안을 들여다보다 목격한 장면은 충격적이었습니다. 아무리 병든 노인이라지만 노인이 수치스러워하는 것이 역력했기 때문이었습니다. 둘둘 말린 시트가 발치에 있었지만, 손으로 그것을 끌어당겨 성기를 가릴 힘조차 노인에게는 없어 보였습니다. 노인의 성기가 시야에 들어오는 순간 나는 그만 그 자리에 멈추어 서버렸고, 얼굴이 벌겋게 상기된 노인과 눈이 마주치고 말았습니다. 간병인인지 보호자인지 나이가 제법 들어 보이는 여자가 창가에서 휴대전화를 만지작거리고 있었습니다. 4인실이라 다른 환자들과 보호자들이 있는데도 여자는 개의치 않는 것 같았습니다. 여자는 노인이 너무 늙고 병들어 수치심조차 느끼지 못할 거라고 생각하는 것 같았습니다.

*

복도 끝 유리창 앞에 놓아둔 물이 사라지고 없습니다. 누가 치운 걸까요.

*

재활실에 다녀왔습니다. 교실 두 개를 합친 크기의 재활실에서 대여섯 명의 환자가 재활 훈련을 하고 있었습니다. 하늘색 유니폼을 입은 재활치료사들이 환자 곁에서 훈련을 돕고 있었고요. 재활실과 복도 사이 벽의 절반이 통유리여서 재활실 내부가 훤히 들여다보였습니다.

가장 눈길을 끈 환자는 걸음마를 연습하는 노인이었습니다. 백발에 거구인 노인은 파란 매트 위에서 돌을 갓 지난 아기처럼 걸음마를 익히고 있었습니다. 당신이 입은 것과 똑같은 연두색 환자복을 입은 노인은 태어나 처음 두 발로 선 듯 겁에 질린 표정이었습니다. 감당하기 힘든 고통을 참는 것이, 꽉 다문 입과 계곡처럼 깊게 접힌 미간에서 고스란히 느껴졌습니다. 몸이 어느 지경까지 부서졌기에 노인은 걸음마부터 다시 익히고 있는 걸까요. 복대 같은 것을 허리에 차고 있는 것으로 봐서 아무래도 허리나 척추 쪽을 다친 것 같았습니다.

서른 초반쯤 되어 보이는, 스포츠머리에 씨름선수처럼 덩치 큰 재활치료사가 노인에게 걸음마를 가르치고 있었습니다. 재활치료사의 얼굴에 촛농 같은 땀이 맺힌 것으로 봐서 걸음마를 가르치는 게 쉽지 않은 일이겠구나 싶었습니다. 인내를 요구하는 일이겠구나.

힘겹게 한 발짝 한 발짝 내딛던 노인이 어느 순간 서버렸고, 나는 통유리에 두 손바닥을 가져다 댔습니다. 동상처럼 꿈쩍 않는 노인에게 재활치료사가 무슨 말인가를 했고, 노인의 고개가 천천히 숙여졌습니다.

노인으로부터 여남은 발짝 떨어진 곳에서는 한 청년이 매트 위에 대자로 누워 오른팔을 들어 올리는 연습을 반복하고 있었습니다.

재활실에서 걸음마를 익히던 노인의 모습이 인상적이었던 걸까요. 재활실에 다녀온 뒤로 걸음이 제 박자를 잃고 허둥거립니다. 한 발 한 발 내딛는 것이 부자연스럽고 힘이 듭니다. 지면에서 발을 뗄 때마다 칡넝쿨 같은 것이 매달려 딸려오는 것 같습니다.

한 발짝 내딛을 때마다 이 생에서 저 생으로 옮아가는 기분입니다.

때때로 우리가 간절히 갈망하는 다른 생은 어쩌면 한 발짝 너머에 있는 게 아닐까요.

'우리가 신이라고 부르는 존재에게도 영혼이 있을까.'
그 문장을 나는 어디서 읽었을까요.

그런데 생 다음에 또 다른 생이 있을까요. 사람들은 어째서

생을 마치면 다음 생이 으레 기다린다고 생각하는 걸까요. 윤회를 믿지 않는 사람들조차 다음 생을 두고 기약하고는 하는 걸까요.

내 삶을 대신 살아주었으면 좋겠다고 고백한 적이 있습니다. 정 선생님에게요. 십 수 년 전 서울대병원 근처 버스정류장에서 버스를 기다리다 나도 모르게 그만…… 삶이 옷이라면 그것을 벗어 정 선생님에게 주고 싶었습니다. 어째서인지 정 선생님이라면 내 삶을 감당할 수 있을 것 같습니다.

"그럴 수만 있다면, 선생님이 내 삶을 대신 살아주었으면 좋겠어요."

버스가 오는지 보려고 도로를 내다보던 정 선생님의 얼굴이 순식간에 무섭게 굳었습니다.

"너 정말 못하는 말이 없구나!"

그녀가 내게 화를 낸 것이 처음인 데다, 너무 격렬하게 화를 내서 놀랐습니다. 버스정류장에 서 있던 사람들이 흘끔흘끔 쳐다보며 수군거렸지만 화가 난 그녀는 개의치 않았습니다.

내 삶이, 내 삶이 아닌 것 같은 기분이 들 때가 있습니다. 나와 삶이 어우러지지 못하고 겉도는 것 같은. 나 자신이 짝이 아닌 받침대 위에 생뚱맞게 올라가 있는 찻잔만 같을 때가요.

버스를 타고 독립문 근처를 지나다 정 선생님을 우연히 본 적 있습니다. 그녀가 독립문 근처에 살고 있으니 아주 놀랄 만한 우연은 아니었습니다. 버스 차창 너머 사람들 속으로 지워지듯 걸어가는 그녀를 발견한 순간 나는 소스라치듯 놀랐습니다. 그녀의 얼굴이 나이 든 여자의 얼굴이라서요. 나이 들어가는 여자의 얼굴이 아니라 속절없이 나이 든 여자의 얼굴이요. 그제야 내가 그녀와 알고 지낸 지도 어느덧 20년이나 되었다는 것을, 우리가 극작가와 배우로 처음 만났을 때 마흔 살이던 그녀의 나이가 예순 살이 되었다는 것을 깨닫고 나는 또 한 번 놀랐습니다. 폭염이 기승을 부리던 한여름이었는데 그녀는 덥고 무거워 보이는 진녹색 원피스 차림에 머리를 풀어 늘어뜨리고 있었습니다. 한 손에 검정 비닐봉지까지 든 모습이 너무나 현실적이어서 오히려 비현실적이었습니다.

지워지듯, 지워지듯 걸어가던 정 선생님의 모습이 잊히지 않습니다. 그렇게 그녀는 조금씩 지워져가겠지요. 지워져 어느 날 실루엣만 남겠지요.

고지古紙에 새겨진 얼룩 같은 정 선생님의 실루엣을 붙들고 그리워할 우리들도 조금씩 지워져 실루엣만 남겠지요.

*

누굴까요.

누가 다녀간 걸까요.

내가 설핏 잠든 사이에 누군가 당신에게 다녀갔습니다.

당신이 어항 속 금붕어에게 사료를 주는 꿈을 꾸었습니다. 등을 돌리고 있었지만 나는 당신이라는 걸 알 수 있었습니다.

나는 당신에게 말했습니다.

당신은 신비로워요.

세상 모든 여자는 저마다 신비로워요.

*

'화요일. 나는 창문을 닫고 지나간 월요일을 기다렸다.'

그 문장을 나는 어디서 읽었을까요. 오늘이 화요일이자 15일이라는 것을 정오가 다 되어서야 알았습니다.

매달 15일 당신 남편은 내 통장으로 150만 원 남짓한 돈을 입금합니다. 통장에 찍힌 그의 이름과 입금된 돈의 액수를 볼 때마다 이상한 기분이 듭니다. 만만치 않은 병원비와 간병비를 지난 11년 동안 부담해왔을 그가 안쓰러우면서도 대견하다는 생각이 들기도 하고요. 내가 당신을 떠나지 못하는 것은 다달이 월급처럼 들어오는 돈 때문일지도 모릅니다. 경주에 내려올 때 내가 가방 속에 챙겨 온 통장 잔고는 50만 원 남짓이었습니다.

복도에서 배식 수레를 끄는 소리가 들려옵니다. 흰 앞치마를 두른 여자가 식판을 들고 병실로 들어섭니다. 정옥 아주머니에게 무심히 식판을 건넵니다. 밥과 국, 멸치볶음이나 콩나물무침 같은 반찬이 올라와 있는 밥상이 그리울 때가 있습니다. 두부조림, 콩자반, 미역줄기볶음, 김자반무침, 감자조림 같은 반찬이요.

조금 뒤 흰 앞치마를 두른 다른 여자가 식판을 들고 병실로 들어섭니다. 여자는 내게 식판을 건네고 병실을 나갑니다.

씹는 것이 불가능한 당신에게는 코로 연결된 급식관을 통해 하루에 세 번 유동식이 주어집니다. 유동식 칼로리는 전부 합쳐 1200칼로리를 넘지 않습니다. 플라스틱 용기 속 유동식은 갈색입니다.

나는 오후 2시가 넘어서야 구내식당에서 사온 야채김밥으로 식사를 합니다. 김밥을 싼 알루미늄포일을 헤치고 김밥 꽁다리를 손으로 집어 입으로 가져갑니다. 고소한 참기름 냄새가 허기를 자극합니다.

방금 환청을 들은 걸까요.

내게 씹을 수 있는 걸 줘요.

내게 씹을 수 있는 걸 줘요.

덜 씹은 밥알들을, 오이를, 햄과 단무지와 우엉을 나는 억지로 식도로 삼킵니다. 의자에서 몸을 일으킵니다. 무대 밖으로 퇴장하듯 병실을 나갑니다. 복도에 서서 허겁지겁 김밥을 입 속으로 밀어 넣습니다.

*

꾸벅꾸벅 졸고 있는데, 웬 여자가 불쑥 병실 안으로 들어옵니다. 복도나 휴게실에서 간혹 마주치는 간병인입니다. 신기하게도 간병인들은 서로를 귀신같이 알아봅니다. 이목구비가 동글동글하니 애교가 넘치는 인상이지만, 여자와 말을 나누어본 적은 없습니다. 간병인들끼리 친목을 도모하며 친밀하게 지내는 눈치지만, 나는 아무래도 예외일 수밖에 없습니다. 경주 사람이 아닌 데다, 사교성이라고는 눈곱만치도 없는 성격 때문이겠지요.

당신 얼굴을 빤히 들여다보던 여자가 손뼉을 치며 반색합니다.

"혹시나 했는데 맞네!"

"아는 분이세요?"

"알다마다…… 황오동에 살 때 한 골목에 살았는걸. 그게 벌써 15년도 더 전이지. 15년이 뭐야? 18년도 더 전이겠네. 그때만 해도 새댁이었는데…… 오이소박이 담그는 법을 내가 가르쳐주기도 했는걸. 양념에 멸치액젓이 들어가야 한다고 했더니 그런 건 어디서 사느냐고 묻지 뭐야. 조금 큰 마트에 가면 파는 걸 말이야. 오이 절이는 방법도 모르면서 오이소박이를 담그겠다고 수돗가에서 한 자루나 되는 오이를 씻고 있는 게 기특해서, 내가 오이소박이 담는 법을 가르쳐주었지. 피부가 하얘 배꽃 같더니 나이를 먹었네…… 세월은 속일 수가 없나봐. 새댁이 이렇게나 나이를 먹었으니 나는 얼마나 나이를 먹었을까."

여자가 말끝에 혀를 찹니다.

"얼마나 됐어?"

"11년이요……."

"11년이나?"

믿기지 않는 것인지, 믿고 싶지 않은 것인지 여자가 고개를 절레절레 흔듭니다.

수년 전 경주 황오동 골목이 철거된다는 기사를 신문에서 읽었던 기억이 납니다. 수십, 수백 년 된 한옥들이 양옆으로 연달아 늘어선 황오동 골목을 찍은 컬러 사진이 기사 한쪽에 실려 있었습니다. 쪽빛 하늘과 먹빛 기와지붕의 조화가 무척 인상적이어서 그 사진이 오래 기억에 남습니다. 당신이 신혼 시절을 보냈을 황오동 집도 그때 철거되지 않았을까요.

고분을 복원하기 위해 한옥들을 철거하게 되었다는 기사를 읽으며, 과거가 현재인 지금을 내쫓고 있구나 생각했습니다. 고분이 무엇인가요. 옛 무덤이 아닌가요. 1500년도 더 전 무덤을 복원하기 위해 지금 그곳에 살고 있는 사람들을 내보내고 집들을 철거한다는 사실이 나는 어째서인지 아이러니하게 생각되었습니다.

아리스토텔레스의 시간 정의에 따르면 지금은 없다지요. 지금은 과거와 미래의 시간을 연결해주는 연결점이기 때문에, 지금은 한쪽의 시작이자 다른 쪽의 끝으로서 시간이기 때문에요.

시작이자 끝인 지금.

지금으로부터 우리를 내쫓는 것은 때때로 과거가 아닌가 싶습니다.

*

　새로 온 지 일주일도 안 된 간호사가 당신 혈압을 재다 말고 내게 문득 물어옵니다.

　"두 분 중 누가 언니 되세요?"

　"네……?"

　"자매지간 아니세요?"

　"아, 저는 간병인이에요."

　"환자분하고 닮아서 저는 동생분인 줄 알았어요. 얼굴도 닮았지만 뭔가 분위기가……."

　"그래요?"

　되묻는 내 표정이 퉁명스러웠는지 간호사가 꾸벅 고개를 숙여옵니다.

　"죄송해요, 제가 괜히 엉뚱한 말을 해서요."

　앳된 간호사의 얼굴이 발그레 상기됩니다. 자매로 오해할 만큼 당신과 내가 닮았다는 말이 내 기분을 상하게 했다고 생각한 걸까요.

나는 그저 의아했을 뿐입니다. 도대체 당신과 나의 어디가 닮았다는 것인지.

솔직히 말하면 당신을 닮았다는 소리가 싫지 않았습니다. 그러고 보니 살아오는 동안 누군가를 닮았다는 소리를 들어본 적이 없습니다. 나는 어머니도, 그렇다고 아버지도 딱히 닮지 않았습니다.

'어떤 두 사람도 서로 정말로 같을 수는 없다. 함께 성장한 일란성쌍둥이라 해도…… 이런 시각에서 보면 인간 개개인은 진정으로 희귀하고 독특한 존재다.' 천문학자 칼 세이건이 어느 인터뷰에서 했던 말입니다. '우리는 별의 물질로 이루어진 존재'라고도 그는 말했습니다. 인간인 우리가 우주와의 합일을 추구하는 것은 그 때문이라고요.

수백억 광년 떨어진 별, 그 별을 구성하고 있는 물질이 당신 머리카락이나 이, 뼈, 근육에 들어 있다고 생각하면 묘한 기분이 듭니다.

당신이 우주에서 단 하나뿐인 존재라는 자명한 사실을 나는 잊고는 합니다.

나 자신 또한 우주에서 단 하나뿐이라는 사실은 이미 오래전에 망각했습니다. 어머니의 자궁을 찢고 태어나던 순간에요.

*

한 발짝,

한 발짝 더,

재활치료사가 요구하는 눈빛으로 노인을 바라봅니다. 한 발짝 더 내디딜 것을 요구하는 눈빛으로요.

그러나 한 발짝을 더 내딛지 못하고 노인이 서버립니다. 오후 늦은 시간이라서인지 재활실은 한산합니다.

재활치료사의 눈빛을 외면하려는 듯 노인은 고개를 수그립니다.

노인의 고개가 들리는가 싶더니 나를 향합니다. 노인과 내 눈빛이 통유리 안에서 마주칩니다.

나는 뒷걸음쳐 통유리로부터 떨어집니다. 도망치듯 그곳을 떠납니다.

만약 지금 당장 당신이 기적처럼 깨어난다면 무엇부터 다시
연습해야 할까요.

시계 초침 소리가 오늘따라 거슬립니다. 병실 벽에 걸린 시
계가 유독 도드라져 보이는 게 숨은 그림 속 어설프게 숨겨
놓은 그림 같습니다. 시계가 가리키고 있는 2시 43분이라는
시간이 불가능한 시간만 같습니다.

11년이 당신에게는 한순간인지도 모르겠습니다.

시간이 무엇인지 모르겠습니다. 어디에 있는 것인지도.

당신이라면 시간이 어디에 있는지 알까요.

시간은 어디에 있을까요? 시계 안에 있을까요?

시간은 시계 안에 있지 않아요.

그럼 시간은 어디에 있나요?

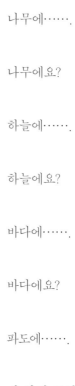

나무에……,

나무에요?

하늘에……,

하늘에요?

바다에……,

바다에요?

파도에……,

내 안에 고여드는 감정이 혹시 행복이라는 감정이 아닐까요. 행복은 '탁월한 행위'라고 아리스토텔레스는 말했지요. 그러니까 행복은 우연히 주어지는 것이 아니라는 뜻이겠지요.

여름 저녁 바짝 마른 수건을 걷을 때 행복감을 느낍니다.

붉은 자두를 씻을 때, 연둣빛 새순이 돋은 나무를 바라볼 때, 어느 집 부엌에선가 밥 뜸 드는 소리가 들려오는 골목길을 걸을 때, 몰랑몰랑하고 따뜻한 백설기를 먹을 때……

탁월한 행위는 장식 없는 소박한 행위가 아닐까 싶습니다. 행위라는 표현마저 거추장한 장식이 되어버리는 행위요.

*

당신에게 오이소박이 담그는 법을 가르쳐주었다는 여자를 휴게실에서 우연히 만났습니다. 여자는 혼자 휴게실에 비치된 티브이를 보며 컵라면을 먹고 있었습니다.

"황오동에 사셨었다고 했잖아요……."

황오동 일부가 철거된다는 기사를 오래전 신문에서 읽었다는 내 말에 여자가 이야기보따리를 풀어놓습니다.

"고분을 복원해야 해서 집들을 철거해야 하니 언제까지 이사를 나가라고 하지 뭐야. 황오동 내 집이 신라시대 고분터 위에 있다니 어쩌겠어. 남편하고 아들하고 지지고 볶으며 살던 내 집이 말이야. 경주에 사는 걸 부러워하는 사람들도 있지만 불편한 게 한두 가지가 아니야. 경주에서는 문화재가 먼저니까. 비가 새서 지붕을 손보려고 해도 문화재청 허가를 받아야 했으니까…… 황오동에서 30년 넘게 산 할머니가 있었는데 말이야, 5공화국 시절에 황오동으로 이사 와 매화나무를 심으려고 집 마당 화단을 팠는데 토기가 무더기로 나왔대. 화단을 파던 할아버지가 토기들을 보고 놀라서는 죄다 곡괭이로 깨뜨려 도로 파묻고 매화나무를 심었다지 뭐야."

"왜요?"

"왜긴, 문화재청에 신고하면 그곳 사람들이 문화재 발굴한다고 몰려와 집을 뒤집어놓으니까 그렇지."

*

나는 당신 앞에 서 있습니다.

당신의 시선이 나를 아슬아슬하게 비켜나 어딘가를 응시합니다. 어딘가를, 계속 어딘가를, 내 시선이 향할 수 없는 곳을.

내가 당신의 극히 일부분도 알고 있지 않다는 생각이 듭니다.

당신의 뼛조각 하나도.

머리카락 한 올조차도.

경희…… 그것이 당신 이름입니다.

나는 세 명의 경희를 알고 있습니다. 한 명은 고모이고, 한 명은 정 선생님의 후배입니다. 나머지 한 명은 당신이고요.

고속버스 안내양이었던 고모는 스물한 살 때 유부남인 운전기사와 바람이 나 야반도주를 했고 순탄치 않은 인생을 살았습니다. 마산에서 기사식당을 한다는 소식을 끝으로 나는 고모의 소식을 더는 듣지 못했습니다. 열두 살 되던 해 나는 소문으로만 듣던 고모를 처음 만났습니다. 그녀의 얼굴이 흑백사진 속 얼굴과 다르게 늙고 사나워서 나는 무척 놀랐습니다. 흑백사진 속 안내양 복장에 무전기처럼 생긴 마이크를 손에 든 고모는 불행 따위는 모르는 순진무구한 얼굴이었거든요.

나는 나를 알고 싶어 했던 적이나 있던가요.

당신을 만나기 전까지 세상에서 가장 모르겠는 사람은 나 자신이었습니다.

*

병실로 비쳐드는 달빛이 당신 얼굴에 베일처럼 드리워져 있었습니다.

내가 당신에게 줄 수 있는 것은 나의 결핍뿐입니다.

*

의자에 멍하니 앉아 있던 나는 소스라치게 놀라며 몸을 일으킵니다. 침대를 내려다봅니다. 침대에 누워 있는 여자가 당신이 아니라 다른 여자만 같아서요.

그날 나는 버스를 타고 종로 3가 쪽으로 나가고 있었습니다. 내 옆자리에는 긴 갈색 생머리 여자가 앉아 있었습니다. 버스가 시청 근처를 지날 때 문득 고개를 돌려 옆 사람을 바라보던 나는 비명을 지르고 말았습니다. 다른 여자가 앉아 있어서였습니다. 버스가 삼각지를 지날 때까지만 해도 긴 갈색 생머리 여자가 앉아 있었는데, 짧은 파마머리 여자가 앉아 있는 게 아니겠어요. 졸지도 않았으면서 나는 옆자리의 사람이 바뀌는 것을 의식조차 못했을까요.

*

빛 속에서 나는 빛을 원합니다.
당신과 나를 구별할 수 없을 만큼 눈부신 빛을요.

*

산책을 다녀오다 길 한가운데 서 있는 비둘기를 보았습니다.
새들도 늙는다는 걸 비둘기를 보고서야 알았습니다.
비둘기의 늙은 얼굴을 보고서야.

벽

당신과 함께, 당신을 바라보고 있는 것만 같은 기분에 휩싸일 때가 있습니다.

오후 내내 나는 당신을 바라보고 있습니다. 당신과 함께.
당신이 낮고 간절함이 묻어나는 목소리로 중얼거립니다.

저 여자를 데려가고 싶어요.

어디로요?

저 여자의 바깥으로요.

*

민으로부터 걸려온 전화를 나는 받지 않았습니다. 다른 누구의 전화였더라도 받지 않았을 것입니다.

민은 여전히 '나 없이' 살고 있을까요.

없음과 있음은 서로의 결여이니 공존할 수 없을 테지요.

병실 문이 슬그머니 열리더니 청소하는 여자가 들어섭니다. 대걸레로 병실 바닥을 쓱쓱 소리 나도록 닦습니다.

옆을 돌아다보니 당신이 사라지고 없습니다. 내가 휘둥그레진 눈으로 병실 안을 살피자 여자가 묻습니다.

"뭘 찾아요?"

"나요……."

생각지 못한 말이 내 입에서 중얼거려집니다.

"나요?"

"나요, 나……."

'나'가 누군지 도무지 모르겠다는 듯 고개를 갸웃거리던 여자는 마저 걸레질을 하고 병실을 나갑니다.

*

    어느 결엔가 되돌아와 내 옆에 조용히 앉아 있는 당신에게 나는 묻습니다.

    저 여자를 저 여자의 바깥으로 데려가면 저 여자에게는 무엇이 남지요?

    저 여자 자신이 남지요.

    나를 당신 옆에 붙들어두는 것은 당신의 육체일까요, 영혼일까요.

    마사지하기 위해 당신 손을 내게로 끌어오던 나는 그것이 뜨겁게 달아오른 주전자 뚜껑이라도 되는 듯 뿌리칩니다.

    내 손이 당신 손을 끌어당기는 것이 아니라 당신 손이 내 손을 끌어당기는 것 같았습니다.

    당신이 날 돌보는 것 같은 기분이 들 때가 있습니다. 아기를 보살피듯 날 씻기고, 입히고, 먹이고 있는 것만.

침대 위 여자가 당신이 아니라 내가 아닐까, 하는 의심마저 듭니다. 그러니까 11년째 식물인간으로 살고 있는 여자가 실은 내가 아닐까 하는.

　당신 손을 다시 내게로 끌어옵니다.
　내 목으로 당신 손을 가져갑니다. 당신 손은 적도의 모래처럼 뜨겁고, 내 목은 북극의 빙하처럼 차갑습니다.
　당신 손을 천천히 밑으로 끌어내립니다.

　못 자국인가요?

　못 자국이요?

　가슴에 구멍이 있네요?

　구멍이 못 구멍처럼 작나요?

　작지만 커요.

씨앗들처럼요?

하나의 씨앗은 하나의 구멍이에요.

젖꼭지에 당신 새끼손가락이 닿습니다. 젖꼭지에서 발생한 저압 전류 같은 전율이 온몸으로 퍼져나갑니다.

당신 손이 내 몸에서 발견한 구멍은 못 구멍일 것입니다.
수년 전 무대 위에서 녹슨 못으로 심장을 찌르는 장면을 연기한 적이 있습니다. 자신의 모든 것인 남편의 불륜 장면을 목격한 여자는 못으로 자신의 심장을 찌릅니다.
무대 위에서 나는 정말로 못으로 심장을 찔렀던 것입니다. 내 심장에서 흐르던 것은 진짜 피였던 것입니다.

나는, 나의 일부에 지나지 않겠지요.
그리고 당신은 당신의 일부에 지나지 않겠지요.

나는 당신 손을 밑으로 끌어내립니다. 그것이 내 왼쪽 젖가슴 위에 놓일 때까지. 내 심장 위에.

나는 나의 결여인지도 모르겠습니다.

*

당신 머리를 빗겨야겠습니다. 당신 머리를 빗기는 것 말고
당신을 위해 내가 뭘 할 수 있을까요.

까마귀 울음소리, 냉장고 돌아가는 소리, 복도에서 누군가
누군가를 부르는 소리, 문 여는 소리, 휴대전화 벨소리, 복도를
걸어가는 발소리…….

당신 머리를 빗기는 동안 들려온 소리들입니다.

*

'주인이 떠난 의자 앞에 회색 개가 돌처럼 앉아 있다. 늙어
눈이 멀고 귀가 먹어, 주인이 여전히 그 의자에 앉아 있는 줄
알고.'

그 문장을 나는 어디서 읽었을까요.

오늘은 아침부터 13년 동안 내 곁에 머물렀던 개가 그립습니다. 김포 쪽 화장터에서 개를 화장하고 돌아온 이튿날, 산비둘기가 내 방 유리창 난간으로 날아들었습니다. 산비둘기는 유리창 너머의 나를 호박색 눈빛으로 수 초 간 응시하다 날아갔습니다.

그때의 경험을 나는 누구에게도 발설하지 않았습니다. 그것이 나 자신조차 믿기 어려운 신비여서겠지요.

산비둘기는 '의도'를 가진 존재가 아니니 그것은 우발적으로 발생한 일에 불과할까요? 그런데 산비둘기가 나를 응시할 때, 죽은 개의 영혼이 나를 응시하는 기분이었습니다.

오래 묵은 간장에서 빚어지는 소금 결정체, 흡사 흑요석 같은 결정체를 혹시 본 적 있나요. 내내 죽은 개가 그리워서인지 소금 결정체 같은 눈물을 눈에 달고 다니는 기분입니다. 오른쪽 눈에요. 병원 정문에서 토스트 가게까지 50미터도 안 되는 거리를 걸어가는 동안 무려 아홉 번이나 걸음을 멈추고 손등으로 눈가를 훔친 것은 그 때문이었습니다.

한때 지긋지긋하게 사 먹은 토스트를 경주에까지 내려와 먹을 줄 몰랐습니다. 노릇하게 구운 식빵 사이에 달걀지단, 햄, 치즈를 끼우고 달콤한 키위 소스를 뿌린 토스트에 나도 모르게 중독된 걸까요.

토스트가 든 봉지를 들고 병실로 들어서던 나는 멈칫 서버립니다. 정옥 아주머니가 침대 머리맡에 버티고 서서 당신의 얼굴을 내려다보고 있습니다. 내가 다가가자 그녀가 대뜸 물어옵니다.

"11년이 넘었다며? 아무래도 깨어나는 것은 어렵겠지?"

어떻게 대답해야 할지 몰라 곤혹스러워하자 그녀가 혼잣말처럼 중얼거립니다.

"혹시 모르지, 기적이라는 게 있으니까."

"기적이요?"

"기적이 일어나 당장이라도 벌떡 깨어날지 모르잖아."

"기적이 일어날 수도 있을까요?"

내 질문에 정옥 아주머니는 잠깐 생각하는 눈치더니 허공에 눈 초점을 맞추고 중얼거립니다.

"참, 눈물을 흘려서 내가 휴지로 닦아줬어."

"눈물을 흘렸어요?"

"그게 글쎄…… 눈에 눈물이 그렁그렁 맺히더니 흘러내리지 뭐야. 눈물 흘리는 걸 보고는 살아 있구나 했지. 그 전까지는 꼭 죽은 사람 같았거든. 솔직히 죽은 사람하고 한 병실을 쓰는 것 같아서 꺼림칙했어."

그녀는 눈을 찡긋해 보이고 자신의 침대로 걸어갑니다. 빈 침대를 물끄러미 바라보다 그 위로 올라가 몸을 눕힙니다.

토스트를 싼 포장지를 벗기고 한입 베어 무는데 정옥 아주머니가 또다시 말을 건네옵니다.

"그게 점심이야?"

"……."

"끼니 거르지 말고 밥 잘 챙겨 먹어. 병이라도 들면 어쩌려고 그래? 다들 몸이 내 것인 줄 아는데, 병이 나고 보니 내 것이 아니더라고. 내 몸 중 내 것인 게 하나도 없더라고. 눈동자 하나도 내 것이 아니더라고. 함부로 대했다가 나처럼 후회하지 말고, 귀한 손님 대접하듯 잘 대해……."

*

병원 구내식당에 갔다가 재활치료사를 만났습니다. 노인에게 걸음마를 가르치는 재활치료사가 혼자 식사를 하고 있었습니다. 곤달비비빔밥이라는 메뉴를 보고 곤달비가 뭔가 싶어 그것을 주문했습니다. 식판을 들고 식당 안을 둘러보다 곧장 재활치료사 앞으로 걸어갔습니다. 널린 빈자리를 두고 자신의 맞은편에 자리를 잡고 앉는 것이 이상하고 거슬렸는지 재활치료사가 마뜩잖은 눈빛으로 나를 쳐다보았습니다.

재활실에서 노인분에게 걸음마 가르치는 걸 보았다고 내가 조심스럽게 말을 건네자, 재활치료사가 순진해 보이는 눈빛을 빛내며 물어왔습니다.

"병원에서 일하세요?"

"저는…… 간병인이에요."

내가 노인분 나이를 궁금해하자, 재활치료사가 약간 자신 없는 목소리로 중얼거렸습니다.

"여든여섯이실걸요…… 참, 어르신이 한때는 경주시를 대표하는 유도 선수셨어요."

"유도 선수요?"

"동국대학교 앞에서 유도 도장도 하셨는걸요. 중학교 2학년 때 유도가 하고 싶어서 친구하고 어르신이 하던 도장에 1년 넘게 다녔었는데, 저를 기억 못하시더라고요. 부모님 반대로 반년밖에 못하고 그만두었지만요. 도장에 다닐 때 대구에서 열린 청소년 유도대회에 나갔다가 찍은 사진이 있어서 가져다 보여드리기까지 했는데…… 기억하고 싶지 않으신 건지, 기억을 못하시는 건지 고개를 흔드시더라고요. 대회 마치고 돈가스를 사주셨던 것도 저는 기억하고 있는데 말이에요. 휠체어 타고 재활실로 들어서는 어르신이 내가 다녔던 유도 도장 사범님이신 걸 알고 얼마나 놀랐는지 몰라요. 돌연 도장 문을 닫고 경주를 뜨셨다는 소식을 끝으로 사범님 소식을 전혀 못 들었거든요. 일본으로 가셨다는 소문을 나중에 듣기는 했지만……."

"일본이요?"

"사범님이 재일 교포라는 소문도, 부인이 일본 여자라는 소문도 있었거든요. 원체 말씀이 없으신 데다 경주 사투리도 안 쓰고 사생활이 비밀스러워서 사범님을 따라다니는 소문들이 있었어요. 도장 건물 이층에 피아노학원이 있었는데 피아노 선생님이 사범님 애인이라는 소문도 있었으니까요. 금방 헛소문이라는 게 판명 났지만요. 사범님하고 피아노 선생님이 진평왕릉 버드나무 아래서 포옹하는 걸 보았다는 소문이 한창 떠돌 때 피아노 선생님이 갑자기 결혼을 했거든요."

"가족분들은요?"

소문대로 노인의 부인이 일본 여자인지 궁금해 나는 불쑥 그렇게 물었습니다.

"저도 아직 가족분을 못 뵈었어요. 사범님이 여전히 비밀스러우세요. 입을 굳게 다물고 당신에 대해 아무 말씀도 않으시니……."

재활치료사가 멋쩍게 웃었습니다.

"사고를 당하신 건가요?"

"교통사고를 당하신 걸로 알고 있어요. 서울에 있는 대학병원에 입원해 계시다 경주로 내려오셨다고 들었어요. 담당 간호사 말로는 사범님이 두 발로 설 수 있게 된 게 기적이라더군요. 아무튼 유도를 하셔서인지 인내심과 의지가 대단하세요."

휴대전화로 전송된 문자를 살피던 재활치료사가 서둘러 식사를 했습니다. 그가 자리를 뜨고 혼자 남겨진 나는 그제야 곤달비비빔밥을 숟가락으로 떠 입으로 가져갔습니다. 처음 먹어보는 곤달비라는 나물이 취나물처럼 쓸 줄 알았는데 달았습니다.

노인은 한때 자신이 유도를 가르쳤던 소년에게 걸음마를 배우리라고 상상이나 했을까요. 어느날 갑자기 도장을 접고 경주를 떠나 있는 동안 노인은 어디서 무엇을 하며 살았던 걸까요. 노인은 왜 서울 병원에서 계속 치료받지 않고 경주로 돌아온 걸까요.

*

내가 산책을 가고는 하는 노서동 고분 공원 근처 번화가를 봉황로라고 한다는 것을 얼마 전에 알았습니다. 경주의 능들 중 가장 거대한 봉황대를 따 거리 이름을 봉황로라고 한 것이겠지요.

봉황로에서 '옥천미용실' 간판을 보았습니다. 미용사의 고향이 옥천인 걸까요. 경주 시내 한복판에 미용실을 내면서 간판에 '옥천'이라는 지명을 버젓이 넣었으니 말이에요.

오래전 태백에 여행 갔다가 '부산감자옹심이'라는 식당에서 감자옹심이와 감자전을 먹은 적이 있습니다. 부산 사람이 주인이던 그 식당은 감자옹심이로 유명해져 관광객들이 몰려드는 명소가 되어 있었습니다. 그런데 감자옹심이가 강원도 향토 음식이 아니던가요. 태백을 여행하는 동안 유난히 타 지명이 들어간 간판을 흔하게 보았습니다. 석탄이 한창 성업일 때 외지인들이 몰려들었고, 자신의 출신지를 분명히 하기 위해 부러 간판에 고향 지명을 넣었기 때문이 아닌가, 나는 나름 분석했었습니다.

머리를 다듬을 생각이 전혀 없던 나는 순전히 간판에 끌려 옥천미용실 문을 열고 들어갔습니다. 미용사는 뜻밖에도 남자였습니다. 거울 속 작고 마른 남자가 능숙한 가위질로 내 머리를 다듬는 모습을 보고 있으려니 정 선생님이 독일에 갔을 때 만났다던 여자가 떠올랐습니다. 독일 프랑크푸르트에서 기차로 두 시간 떨어진 보훔에 살고 있는 그 여자의 고향은 서산 만리포로, 부모님이 만리포해수욕장 앞에서 횟집을 한다고 했습니다. 그러니까 서산 만리포해수욕장에서 횟집을 하는 집 딸이 독일 보훔까지 가 살고 있었던 것입니다. 그 여자가 보훔에서 자리 잡은 데는 사연이 있었습니다. 서울 소재의 대학에서 디자인을 전공하고 디자인 회사에 다니던 그 여자는 파리로 유학을 떠났고, 그곳에서 보훔 출신의 남자를 만나 연인이 되었습니다. 남자가 함께 자신의 고향으로 돌아가 살기를 원해 보훔까지 날아갔고요. 만리포해수욕장 모래사장을 뛰어다니며 자랐을 그 여자는 자신이 훗날 독일 보훔에서 가정을 꾸리고 살게 되리라고는 짐작조차 못했겠지요.

어디로 날아갈지 모른다는 점에서 우리 인간의 운명이 씨앗의 운명과 닮았다는 생각이 듭니다.

인간은 저마다 어느 순간 허공으로 날려 어딘가에 내던져지는 것이 아닐까요.

옥천미용실에서 머리를 다듬고 돌아오는 길에 당신에게 입힐 팬티 두 장과 내가 입을 팬티 두 장을 샀습니다. 갈아입힐 때마다 당신 속옷들이 너무 낡고 후줄근해서 마음에 걸렸었습니다.

속옷가게를 나오며 내가 속옷을 살 때마다 괜히 위축된다는 사실을 깨달았습니다. 그 이유가 어머니를 따라갔던 시장

통 속옷가게가 떠올라서라는 것도요. 중학교 입학을 앞두고서였습니다. 가슴이 나오기 시작한 내게 브래지어를 사주기 위해 어머니가 나를 속옷가게에 데려간 적이 있습니다. 어머니는 주인 여자가 권하는 브래지어는 거들떠도 안 보고 싸구려 브래지어를 골라 들었습니다.

"처음 하는 브래지어인데 기왕이면 좋은 것으로 사주지 그래요. 좋은 브래지어를 해야 가슴 모양도 예쁘게 잡히지요."

아쉬워하는 주인 여자에게 어머니는 퉁명스럽게 쏘아붙였습니다.

"브래지어 좋은 거 한다고 가슴 모양이 얼마나 예쁘게 잡히겠어요. 하여간 몸매는 타고나는 거니까요. 키나 컸으면 싶은데 얼마나 클지……."

내 손을 잡아끌며 속옷가게를 나서는 어머니가 나는 부끄럽고 원망스러웠습니다. 막연하지만 내가 여자로서 예쁜 몸매를 타고나지는 않았구나 하는 생각도 들었습니다.

내 어머니는 딸의 속옷을 세심하게 챙기는 분이 아니었습니다. 궁핍한 살림살이 때문이었겠지만 속옷을 사는 데 좀처럼 돈을 쓰지 않던 어머니 밑에서 자라서인지 나는 지금도 속옷

을 살 때면 쓸데없는 데 돈을 쓰고 있는 것 같은 죄책감에 사로잡히고는 합니다.

집에서 독립해 홍은동 쪽에서 자취를 할 때였습니다. 어머니가 다니러 왔다가 빨래 건조대에 널린 속옷들을 살피며 무심히 중얼거린 말에 화가 치밀었던 적이 있습니다.

"변변한 속옷 하나 없구나. 여자는 속옷이 중요한데⋯⋯."

"속옷을 누가 보기나 한대요."

내가 화를 내자 어머니는 무슨 말인가를 더 하려다 말고 입을 다물어버렸습니다.

중고등학교 시절 갈아입을 팬티가 없어 어머니의 팬티를 입고 학교에 간 날이 꽤 된다는 걸 어머니는 알고 있을까요. 헐렁하게 늘어난 어머니의 팬티가 흘러내리기라도 할까 봐 교복 치마 밑에 체육복 바지를 받쳐 입기도 했다는 것을요.

*

'우리가 삶을 믿으면 삶은 보다 높은 삶으로 보답한다.'

그 문장을 나는 어디서 읽었을까요.

삶도 계단처럼 단계가 있는 걸까요.

그런데 높다는 건 뭘까요.

높은 삶은 어디에도 없다는 생각이 듭니다. 낮은 삶 또한.

오직 삶만이 있는 게 아닐까요.

*

막차를 놓친 것 같은 표정이더니 당신 눈에 눈물이 고입니다. 그렁그렁 흔들리다 흘러넘치는 눈물을 나는 속수무책의 심정으로 바라봅니다.

첫날도 당신은 눈물을 흘렸습니다.

전 간병인과 당신 남편이 가버리고, 당신 곁에 혼자 남겨진 나는 뭘 해야 할지 몰라 당신을 말없이 바라보기만 했습니다. 눈을 뜨고 있었지만 잠든 것 같은 당신을 만지려니 두려웠습니다.

그때 옆 침대에는 뇌 수술을 받은 삼십 대 초반의 여자 환자가 입원 중이었습니다. 환자의 간병인은 나이 지긋한 여자였습니다.

"아휴, 이게 무슨 냄새야?"

보조침대에 누워 잠을 청하던 여자가 고개를 들고 우리 쪽을 쳐다보았습니다. 내가 얼어붙은 듯 서 있기만 하자 여자가 헝클어진 머리를 매만지며 몸을 일으켰습니다.

"똥을 싼 거 같은데……."

"똥이요?"

똥이라는 말이 아무렇지 않게 내 입에서 튀어나왔습니다.

"냄새 안 나요?"

여자가 슬리퍼를 질질 끌며 창가로 걸어가더니 창문을 열었습니다.

생전 처음 기저귀를 갈며 나는 프로이드의 똥 이론을 떠올리지 않을 수 없었습니다. 프로이드는 똥이 아기가 주는 첫 번째 선물이라고 했습니다. 사랑하는 사람의 채근에 따라서만 떼어주는 자신의 일부이며, 사랑하는 사람이 원하지 않아도 그것을 주어 사랑하는 사람에 대한 애정을 표시한다고요. 아기는 자신의 똥을 통해서 부모에게 실망을 줄 수도, 기쁨을 줄 수도 있기 때문에 똥은 아기가 지니는 유일한 개인적인 소유권이라고요.

똥 묻은 기저귀가 더럽게 느껴지지 않은 것은, 그것이 당신이 내게 주는 선물일지도 모른다는 생각이 들었기 때문이었을까요.

당신이 눈물을 흘린 것은 내가 세면실에서 손을 씻고 돌아와 한숨 돌리고 있을 때였습니다. 평온해 보이던 당신 얼굴이 눈가를 시작으로 일그러지더니 주르륵 눈물을 흘렸습니다. 놀라 뒷걸음치던 나는 간호사실로 달려갔습니다. 컴퓨터 모니터 앞에 앉아 있던 박 간호사가 고개를 들어 나를 바라보았습니다.

"저기…… 눈물을 흘려요."

"눈물이요?"

박 간호사가 미간이 접히도록 눈에 힘을 주었습니다.

"603호실 환자요…… 식물인간…… 아, 저는…… 새로 온 간병인이에요…… 603호실 환자의……."

두서없이 중얼거리는 나를 추궁하는 눈빛으로 바라보던 박 간호사가 한숨을 토했습니다.

"아, 별일 아니에요."

"눈물을……."

박 간호사가 내 말을 자르며 몸을 일으켰습니다.

"무의식적인 반사 반응이에요."

"무의식적인 반사 반응이요?"

그 말이 이해되지 않아 나는 되물었습니다. 박 간호사가 진지한 표정을 짓더니 또박또박 말했습니다.

"의미 없는 반응이요."

"그게 뭔데요?"

그 말 역시 나는 이해되지 않아 물었습니다.

"아무 의미 없는 반응이요. 건전지가 다 된 시계 초침이 저절로 멈추는 것처럼요."

당신은 빙그레 웃기도 하고, 찌푸리기도 하고, 눈을 깜박이기도 합니다. 흐느낌 같은 소리를 내기도, 탄식 같은 한숨을 토하기도 합니다. 그 모든 게 그저 의미 없는 반응일까요.

당신이 눈물을 흘리는 데는 이유가 있지 않을까요. 내가 눈물을 흘릴 때마다 이유가 있었던 것처럼 말이에요.

무대 위에서 의미 없는 행위는 없습니다.

의미 없는 고갯짓, 의미 없는 손짓, 의미 없는 어깻짓……

의미 없는 발짓조차도 무대 위에서는 '의미 없는 발짓'을 의미하는 행위니까요.

무대 위에서는 모든 행위가 의미 있는 행위이기 때문인지도 모르겠습니다. 내가 무대를 떠나지 않으려 했던 가장 큰 이유가요.

당신의 간병인이 된 뒤로 나는 한 가지 마음을 갈망하게 되었습니다. 그 한 가지 마음은 바로 두려워하는 마음입니다.

두려워,

떠는,

마음,

떠는 마음은 어디에서 오는 걸까요. 자연에서 오는 게 아닐까요. 숲에서, 숲속 나무에서, 흙에서, 만화경 속 조각들처럼 모이고 흩어지는 빛에서, 바람에서…… 초등학교 시절 소풍

날 선생님들이 숨겨놓은 보물들처럼 숲속 여기저기 숨겨져 있는 게 아닐까요. 두려워 떠는 마음을 갖기 위해서는 홀로 숲속에 들어야 하는 게 아닐까요.

'그녀는 아침마다 숲에 들었다. 죽은 새를 묻어주려.'
그 문장을 나는 어디서 읽었을까요.

수년 전 속초에 여행 갔다 울산바위를 보았을 때가 생각납니다. 병풍처럼 펼쳐진 울산바위를 보는 순간 인간인 내가 얼마나 미미한 존재인지를 깨닫는 동시에 참을 수 없는 흐느낌이 내 안에서 터져 나왔습니다. 카페에서 혼자 커피를 마시던 나는 종업원이 무슨 일인가 싶어 달려올 만큼 격하게 흐느껴 울었습니다. 실컷 흐느끼고 났을 때 환희에 가까운 그 어떤 충만한 감정이 내 안에서 차올라 나는 자신도 모르게 빙그레 미소 지었습니다.

슬픔이 극에 치달으면, 폭설이 내린 새벽의 대기처럼 맑고 벅찬 그 어떤 감정이 차오른다는 걸 당신도 알고 있을까요.

텅 빈, 더는 오를 수 없는 무대를 응시하며 내가 미소 지었던 것도 따지고 보면 같은 이치겠지요.

*

체온 35.9도, 최고혈압 123에 최저혈압 80이라는 것 말고 나는 당신에 대해 아무것도 모릅니다.

당신 손톱이 매일 조금씩 자라고 있다는 것 말고는.

당신 머리카락이 매일 조금씩 성실히 자라고 있다는 것 말고는.

나는 당신에 대해 모든 걸 알고 싶어요.

……

당신에 대해 아무것도 알고 싶지 않은 마음만큼이나요.

……

당신에 대해 모든 걸 알게 되는 순간 당신에 대해 아무것도 모르게 되겠지요.

……

듣고 있나요?

……

듣고 있나요?

*

내가 어떻게 해주기를 바라나요.
당신의 이토록 참혹하게 일그러진 얼굴은 처음입니다.

문득 당신이 내게 뭔가를 요구한 적이 있었던가 생각해보았습니다. 당신은 내게 아무것도 요구하지 않습니다. 그러나 나는 당신이 요구하는 걸 느낍니다. 당신이 요구하는 것이 무엇인지 모르겠어서 속수무책의 심정이 되고는 합니다.

당신이 내게 아무것도 요구하지 않는다는 말은 틀렸습니다. 당신은 요구하지 않는 방식으로 내게 요구합니다.

*

전날 오후에 당신 여동생이 다녀갔습니다. 한 달에 한 번 그녀는 당신에게 다녀갑니다. 경기도 부천에 살고 있는 그녀는 케이티엑스를 타고 내려와 두세 시간 정도 당신 곁에 머물다 케이티엑스를 타고 올라갑니다.

삼십여 분이 흐르도록 아무 말 없이 당신 앞에 앉아 있던 그녀가 내게 말했습니다.

"손톱이 길었네요."

"손톱……이요?"

나는 숙제를 하지 않아 반 아이들 앞에서 꾸지람을 듣는 학생처럼 부끄럽고 당혹스러웠습니다. 당신의 손톱을 마지막으로 깎인 게 언제였는지 기억이 나지 않았습니다.

내가 쩔쩔매자 그녀가 말했습니다.

"너무 바짝 깎게 되어서요."

"……?"

"내가 손톱을 깎으면 피가 날 때까지…… 언니를 한 달쯤 돌본 적이 있어요. 그때 언니 손톱을 깎아준 적이 있는데 피가 날 때까지 깎고 있더라고요. 결국은 피가 날 때까지……."

지그시 입술을 깨물던 그녀는 조금 뒤 애써 한 톤 높아진 목소리로 말했습니다.

"열차 시간까지 두 시간쯤 여유가 있어요. 언니는 내가 볼 테니까 바람이라도 쐬고 오세요."

거절하기가 뭣해 나는 지갑을 챙겨 들고 병실을 나왔습니다. 한 시간쯤 지나 내가 병실에 돌아왔을 때 그녀는 책을 읽고 있었습니다. 당신에게 책을 읽어주고 있는 줄 알았는데 아니었습니다. 책장을 넘기는 그녀의 입은 다물려 있었습니다.

그녀가 당신에게 인사도 없이 병실을 나가자마자 정옥 아주머니가 내게 대뜸 물어왔습니다.

"누구야?"

"여동생이요."

"무슨 자매지간이 하나도 안 닮았대?"

자매라는 사실을 누군가 말해주지 않으면 모를 만큼 당신과 당신 여동생은 생김새도, 분위기도 사뭇 다릅니다.

"저기, 있잖아……."

정옥 아주머니의 얼굴은 뭔가 할 말이 있는 표정이었습니다.

"……?"

"자기가 자리 비웠을 때 그 여자가 환자 몸을 유심히 살피던데……."

"……그래요?"

담담한 내 반응이 의외였는지, 정옥 아주머니가 다소 흥분한 목소리로 말했습니다.

"시트를 젖히더니 윗옷 단추를 풀어 헤치고 이리저리 살피지 뭐야…… 사람 의심하는 것도 아니고…… 하긴 부모 자식도 믿지 못하는 세상이니까."

정옥 아주머니의 말을 못 들은 척 흘려버리고 나는 사이드 테이블 서랍을 열었습니다. 면봉, 가위, 반창고, 면봉, 가제 손수건 등속에서 손톱깎이를 꺼내 들었습니다.

당신 손톱으로 가져가던 손톱깎이를 나는 도로 서랍 속에 집어넣었습니다. 깎이기에는 당신 손톱이 별로 길지 않아서였습니다. 내 눈에는 적당해 보이는 당신 손톱이 당신 여동생의 눈에는 어째서 길어 보였던 걸까요.

당신에게 다녀갈 때마다 그녀는 내게 바람을 쐬고 오라며 마음을 써주었습니다. 어쩐지 단둘이 있고 싶어 하는 것 같아 나는 그때마다 조용히 병실을 나왔습니다. 삼십 분 정도 병원 근처를 산책하거나 커피를 마시고 돌아왔습니다. 그런데 내가 자리를 비운 사이에 그녀는 당신 몸을 살폈던 걸까요. 그녀는 당신 몸에서 무엇을 찾았던 걸까요. 혹시나 있을지 모를 멍 자국 같은 거라도 찾았던 걸까요.

그녀가 나를 믿지 못하는구나 싶어 기분이 착잡했습니다. 내가 생판 남에 불과한 데다, 당신이 말 못하는 처지이니 이해가 안 되는 것은 아니었지만 서운한 감정이 밀물처럼 밀려들었습니다.

나는 커튼을 둘러 침대를 가리고 당신 윗옷 단추를 풀었습니다. 손으로 당신 몸을 더듬어가며 혹시나 멍든 곳이 없는지 찾기 시작했습니다.

당신을 모로 누이고 어깻죽지를 살피던 내 눈에 멍이 들어왔습니다. 전날 새 환자복으로 갈아입힐 때만 해도 없던 멍이었습니다. 당신 여동생도 보았을까요. 보았다면 어째서 멍 자국에 대해 내게 아무 말도 하지 않은 걸까요. 바구니 속 과일이 스스로 짓무르듯 당신 몸에 멍이 지고는 한다는 사실을 나는 아무에게도, 간호사에게도 말하지 않았습니다.

나는 손을 멍 자국으로 가져갔습니다.

열까지 세고 손을 거두었을 때 멍 자국은 짙어져 있었습니다.

멍 자국을 무시하고 돌아서려는 내 눈에 책이 들어왔습니다. 당신 여동생이 두고 간 책이었습니다. 나는 손을 뻗어 책을 집어 들었습니다. 혹시나 일부러 두고 간 게 아닐까 싶었지만 아니었습니다. 책갈피에 열차표가 끼워져 있었으니까요. 경주행 열차표가 아니라 서울행 열차표였습니다. 열차표에 찍힌 날짜와 시간을 살피던 나는 쫓기듯 초조한 심정이 되었습니다. 그것은 신경주역을 통과한 열차표가 아니라 한 시간여 뒤 신경주역을 통과할 열차표였습니다. 나는 그것이 누군가 내게 보낸 열차표만 같았습니다. 열차표가 당신을 떠날 마지막 기회처럼 생각되기도 했습니다. 당신 말대로라면 나는 아직 당신

에게 오지도 않았는데 말이에요.

열차표를 손에 쥐고 나는 당신에게 말했습니다.

4시 55분 열차예요.

......

열차를 타야 할까요?

......

열차를 타야 할까요?

누군가는 열차를 타고 떠나고, 누군가는 열차를 떠나보내지요.

병실 시계가 4시 55분을 가리키는 순간 나는 의자에서 벌떡 일어섰습니다. 의자가 뒤로 밀리며 등받이가 바닥을 때렸습니다.

케이티엑스가 신경주역을 통과하는 소리가 들리는 것 같았습니다.

나는 눈을 감았습니다. 내가 눈을 떴을 때 병실 시계는 5시 17분을 지나고 있었습니다.

무용지물이 된 4시 55분 열차표는 당신 여동생의 열차표였겠지요. 열차표를 두고 간 그녀가 무사히 열차에 올랐을까 뒤늦게 걱정이 되었습니다.

열차표는 혹시 내가 그만 당신을 떠나기를 바란다는 무언의 의사 표시가 아니었을까요. 당신 여동생이 내게 남기고 간.

*

속옷을 갈아입히려 당신 몸에서 윗옷을 벗기던 나는 놀라 뒷걸음칩니다.

윗옷 소매에서 팔을 빼내려고 당신의 오른팔 팔뚝 안쪽을 손으로 살짝 짚었을 뿐인데 멍이 들었습니다.

*

당신을 만지지 못하겠습니다.
새끼손가락 끝으로도.
내 새끼손가락이 못처럼 당신을 찌를 것 같아서.

날 만져요.

나는 당신을 만질 수 없어요.

어서 날 만져요.

당신을 만지느니 손가락들을 부러뜨리겠어요.

내가 죽은 사람이라서 만지지 않으려는 건가요?

당신이 죽은 사람이라고 누가 그러던가요?

어떤 여자가요.

당신이 죽은 사람이면 나도 죽은 사람이에요. 당신보다 더 오래전에.

당신을 알기도 전에.

거
울

거울 속 당신은 눈을 뜨고 있습니다.

거울은 둥글고 테두리가 비둘기색입니다. 지름은 한 뼘쯤이
고 오리 부리 모양의 손잡이가 달려 있습니다.

거울 속 당신의 눈동자는 압정처럼 고정되어 있지만 모호한
눈빛 때문에 뭔가를 찾고 있는 것 같습니다.

뭘 찾고 있나요.

당신은, 당신을 찾고 있는 게 아닐까요.

거울 속 얼굴이 당신 얼굴이 아니라 내 얼굴 같습니다.

*

경주박물관에 신라시대 때 청동거울이 있다고 들었습니다. 고대인들은 태양은 생명의 빛이며 그 빛은 청동거울을 통해 땅으로 내려온다고 믿었습니다. 인간은 어째서 자신의 얼굴을 보고 싶어 할까요. 자신의 얼굴을 보고 싶어 하는 욕망, 나르시시즘과 닿아 있는 그 욕망을 불러일으키는 것은 결국 타인들의 얼굴이 아닐까요. 타인들의 얼굴 속에서 자신의 얼굴을 찾아 헤매다 거울 앞으로 가 앉는 것이 아닐까요.

거울 속 당신이 내게 묻습니다.

여기가 어딘가요?

여기요?

여기…… 가장 가까운 곳. 가장 가까운 곳은 가장 먼 곳이기도 하지요.

당신은 그럼 당신으로부터 가장 먼 곳에 있겠어요.

내가 나로부터 가장 먼 곳에 있다고요?

여기는 당신이 있는 곳이기도 하니까요.

내가 있는 곳은, 내가 떠나고 싶은 곳이에요.

나는 거울을 당신 얼굴로 끌어당깁니다. 거울 속 당신의 눈과 입과 코가 기형적으로 커지며 무섭고 기이한 얼굴이 됩니다.

비뚜름하게 다물려 있던 당신 입이 지긋이 벌어지더니 분절음을 토합니다.

ㅍ

한 박자 뜸을 들였다 갑각류의 으깨진 몸통 조각 같은 분절음들을 연속적으로 토합니다.

ㅍ ㅍ ㅍ

ㅡ ㅜ ㅅ ㅆ ㅅ

ㅎ

ㅡ ㅡ ㅎ ㅊ ㅌ ㅡ ㅡ ㅋ

ㅊ ㅊ ㅊ ㅈ ㅊ

분절음들은 0.1초도 당신 혀끝에 머물지 못하고 증발합니다. 11년 전 쓰러질 때 당신은 언어와 함께 목소리를 잃었습니다.

나는 아직 당신 목소리를 듣지 못했습니다. 내가 여태껏 들은 것은 목소리가 되지 못한 소리에 지나지 않습니다. 목소리는 언어나 선율과 결합해 비로소 제 고유의 음색을 내니까요. 나는 때때로 당신 목소리가 간절히 듣고 싶습니다.

배우로서 내가 가진 가장 치명적인 약점이 목소리라서일까요. 나는 톱밥처럼 안으로 말려들어가는 목소리를 가졌습니다. 내가 말수가 적은 사람이 된 것은, 목소리에 자신이 없어서인지도 모르겠습니다. 내 목소리가 힘이 없고 불분명해 주변 사람들에게 들리지 않을 거라는 불안, 내 바로 앞에 앉아 있는 사람에게조차 들리지 않을 거라는 불안이 나를 침묵하게 하니까요.

어쩔 수 없이 말을 해야 하는 경우 말을 하다 말고 불쑥 묻고 싶어집니다.

"내 목소리가 들리나요?"

내 목소리가 바로 앞에 앉아 있는 사람에게조차 들리지 않을 거라는 불안에도 나는 어쩌자고 배우를 꿈꾸었을까요.

콤플렉스 때문인지, 나는 자신은 물론 타인들의 목소리에 집착하는 편입니다. 타인의 기질, 감정, 욕망을 목소리로 짐작하고 판단할 정도로요. 나는 버스 안에서 혹은 길을 걸어가다 말고 훌쩍 뒤를 돌아다볼 때가 있는데 백이면 백 다 뒤에서 들려오는 목소리에 끌려서입니다. 그러고 보니 나를 매혹하는 목소리들은 거의 언제나 뒤에서 들려왔습니다. 과거의 메아리처럼 저 뒤에서요.

그런데 내 목소리가 들리나요.

아기에게 말을 거는 엄마처럼 나는 당신에게 말을 걸고는 합니다. 주로 당신의 머리를 빗기면서요. 지난밤에는 라디오 뉴스에서 들은 소식을 당신에게 전하다 화들짝 놀라며 입을 다물었습니다. 내 목소리가 당신에게 소음에 지나지 않으면 어쩌나 싶은 생각이 불현듯 들어서였습니다.

'세상에서 가장 끔찍한 것이요? 날 부르는 어머니의 목소리요.'
그 문장을 나는 어디서 읽었을까요.

옹알이를 시작한 뒤로 쓰러지기 전까지 당신은 삶 속에서 끊임없이 낱말을 습득했을 것입니다. 명사, 고유명사, 동사, 형용사, 부사……
내가 입으로 어떤 낱말을 내뱉는 순간 그 낱말이 감옥이 되어 나를 가두는 것 같은 기분이 들 때가 있습니다. 그러니까 창窓이라고 내뱉는 순간 창이 나를 가두는 것 같은 기분이, 돌이라고 내뱉는 순간 돌이 나를 가두는 것 같은.
쓰러지기 전 당신이 가장 마지막으로 내뱉은 낱말은 무엇일까요.

명사가 아니라 동사였기를. 그러니까 당신이 가장 마지막으로 내뱉은 낱말이요.

보다,

가다,

울다,

흐르다,

당신이 가장 마지막으로 내뱉은 낱말이 '흐르다'라는 동사였으면 당신은 계속 흐르는 중일까요.

'우리는 흐르는 파란 사과에 대해 이야기했다.'
그 문장을 나는 어디서 읽었을까요.

당신이 토하는 분절음들은 일종의 방언인지도 모르겠습니다. 인간과 소통하기 위한 언어가 아니라 절대적인 존재와 소통하기 위해 은총처럼 주어지는 언어 말이에요.

'언어 박탈 실험'이라고 들어보았나요. 7세기경 이집트의 파라오 프삼티크 황제는 어떤 언어에도 노출되지 않은 아기가 내뱉는 언어가 최초의 언어일 것이라며, 갓난아기 둘을 산속 오두막에 가두었습니다. 모든 언어로부터 고립된 채 자란 아기들이 내뱉은 말은 베코스bekos로, 당시 프리기아어로 '빵'을 뜻했습니다. 프삼티크 황제는 프리기아어가 최초의 언어라는 결론을 내렸습니다.

신성로마제국의 황제 프리드리히 2세도 비슷한 실험을 했습니다. 어떠한 언어와도 접촉하지 않고 자란 아이가 구사할 언어를 궁금해하던 그는, 여러 명의 아이들을 방 안에 가두고 키우게 했습니다. 보모와 간호사들에게 아이들을 돌보는 것은 허락했지만 말은 금지했습니다. 그는 아이들이 히브리어를 구사할 거라고 예상했지만, 아이들이 전부 죽는 바람에 실험은 실패로 돌아갔습니다.

당신 머리맡에 놓아둔 거울이 어디로 갔는지 보이지 않습니다. 두리번두리번 거울을 찾던 내 눈길이 당신 얼굴을 향합니다.

　당신 얼굴이 거울을 삼켜버린 게 아닌가 싶어서.

*

　경주에 내려온 뒤로 근원을 알 수 없는 불안에 사로잡힐 때가 있습니다. 조금 전 그 불안이 어디에서 기인하는지 깨달았습니다. 당신 손을 잡고 있는 내 손을 보고서야 비로소요. 까무룩 잠들었다 깨어났는데 교미하는 새처럼 겹쳐 있는 두 개의 손이 보였습니다. 한 손은 당신 것이었고, 다른 한 손은 내 것이었습니다. 한 손은 암컷처럼 늘어져 있었고, 다른 한 손은 매달리듯 그 손을 잡고 있었습니다. 매달린 손이 당신 손인 줄 알았는데 내 손이었습니다.

　몸을 일으키고 침대에서 돌아서던 나는 몸서리쳤습니다. 떨리는 몸을 간신히 돌리고 침대를 내려다보았습니다.

당신이 빈 침대를 내게 남겨두고 떠나버릴 것만 같습니다.

*

두고 온 게 있어요.
극장 목성의 무대에 두고 온 게 있습니다.

*

지난밤 당신과 나는 정옥 아주머니가 잠들기를 기다려 말놀이를 했습니다. 내가 먼저 운을 띄웠습니다.

나무.

그 나무.

꽃.

그 꽃.

개.

그 개.

집.

그 집.

　자라는 동안, 어른이 되어서도 나는 내 집이 아닌 낯선 집에서 잠든 것 같은 불안감에 떨며 깨어나고는 했습니다. 그때마다 창문과 문의 위치를 확인하고 나서야 겨우 안심하고 다시 잠들 수 있었습니다.

　집으로 가고 있으면서 집에 가야 한다는 강박이 발생한 날을 나는 또렷이 기억하고 있습니다. 초등학교 2학년 때로 수업을 마치고 집으로 돌아가는 길이었습니다. 당번이던 나는 그날 혼자 교실을 나섰습니다. 그날따라 이상하게 복도도, 교실

들도 텅 비어 있었습니다. 그때 우리 가족이 살던 천호동 집은 내가 다니던 초등학교에서 이십 분쯤 떨어져 있었습니다. 어린 여자아이가 걸어 다니기에는 먼 거리였지만 그 시절에는 아이들 대개가 걸어서 학교를 오갔습니다. 집으로 걸어가는 내내 집으로부터 멀어지는 것 같아 나는 입이 바짝 타들도록 애가 타고는 했습니다. 얼마나 애를 태웠는지 집 대문에 이르렀을 때 혀에 바늘이 서기도 했습니다.

*

둥지 속 알을 품고 잠든 새의 깃털 속이었으면 좋겠습니다. 내가 세상 그 어딘가에 존재할 수 있다면 그곳이요.

*

명자 아주머니 말이에요. 한 달 전인가 내가 당신 머리를 감기고 있는데 불쑥 들어와 팔소매를 걷어붙이고 도와주었던. 손가락으로 당신 머리를 꾹꾹 눌러가며 능숙하게 마사지하는 그녀를 나는 옆에서 감탄 어린 눈으로 지켜보았었지요. 간병인 경력 20년이라는 그녀는 내게 발 마사지하는 법도 가르쳐주었습니다. 그런데 명자는 그녀의 이름일까요. 내가 그녀를 명자 아주머니라고 부르는 것은, 간호사들은 물론 다른 간병인들도 하나같이 그녀를 그렇게 부르기 때문입니다. 그녀는 지금 604호 병실에 입원 중인 노인을 간병하고 있습니다.

휴게실에서 밀크커피를 마시고 있는데 명자 아주머니가 들어오더니 조용히 내 옆으로 와서 앉았습니다. 마침 100원짜리 동전이 몇 개 있어서 나는 그녀에게 물었습니다.

"한 잔 뽑아드릴까요?"

"그럴까?"

나는 몸을 일으켜 자판기 앞으로 다가갔습니다. 100원짜리 동전 세 개를 차례로 동전 구멍 속으로 밀어 넣고 밀크커피를 눌렀습니다.

종이컵 속 밀크커피를 물끄러미 들여다보던 그녀가 의미심장한 목소리로 중얼거렸습니다.

"세상에 비밀이 없는 사람은 없더라고……."

"비밀이요?"

"다들 그냥 사는 것 같지만 말 못할 비밀 하나씩은 품고 살더라고⋯⋯ 저기, 황 영감님 말이야."

자신이 간병하는 노인을 그녀는 황 영감님이라고 불렀습니다. 그는 여든 살로 간암이 재발되어 입원 치료 중이었습니다. 이식수술밖에는 방법이 없는데 이식할 간을 구한다고 해도 노령이라 수술이 쉽지 않다고 들었습니다.

"글쎄, 60년 전에 조카를 잃어버렸다지 뭐야⋯⋯."

중얼거리던 그녀는 갑자기 눈을 가늘게 하고 주변을 살폈습니다. 그녀와 나, 둘뿐이라는 걸 확인하고 나서야 이야기를 이어나갔습니다.

"60년 전에 여섯 살이던 조카를 데리고 부산에 다니러 갔다가⋯⋯ 육이오전쟁 때 국군이던 큰형이 죽자 형수가 조카를 두고 재가했나 봐. 부산역에서 내려 진시장 가는 길을 묻는 사이에 조카가 감쪽같이 사라졌다지 뭐야. 사흘 밤낮을 백방으로 찾아다녔는데 못 찾았대. 친척들하고 마을 사람들한테 부산역에서 조카를 잃어버렸다고 차마 말할 수 없어서 부잣집에 양자 보냈다고 거짓말을 했대."

"⋯⋯왜요?"

"조카를 어디 가서 버리고 와서는 잃어버렸다고 한다고 수
군거릴까 봐. 그 뒤로 해마다 부산에 내려가 조카를 수소문하
고 다녔는데 끝끝내 못 찾았대. 전단지도 만들어 뿌리고 했는
데 말이야. 겨우 잊은 줄 알았는데 간암이 재발한 뒤로 꿈에
조카가 자주 보인다네. 60년 전 모습 그대로 꿈에 나타나서는
물끄러미 자신을 바라보다 사라진다고…… 어쩌다 말을 건네
올 때도 있는데 앵무새처럼 똑같은 말만 한대."

"뭐라고요?"

"집에 가고 싶다고……."

"집에요?"

"집에…… 처음 간암이 발견되었을 때도 꿈에 조카가 보였
다지 뭐야. 다른 사람들은 다 오해해도 괜찮은데, 조카가 오해
하고 있을까 봐 겁이 난대. 작은아버지가 자기를 버린 것으로
오해하고 원망하며 살고 있을까 봐…… 마누라한테도 숨긴
평생의 비밀을 죽기 전에 누군가한테는 털어놓아야 할 것 같
아서 말하는 거라면서 나한테 이야기하지 뭐야……."

"아주머니도 비밀이 있어요?"

내가 무심코 던진 질문에 그녀가 불에 덴 듯 화들짝 놀랐습

니다.

"나?"

"네, 아주머니도……."

"있지, 있어……."

단호한 어조로 중얼거리던 그녀가 나를 빤히 바라보았습니다.

"나도 비밀이 있지……."

그녀의 정색한 얼굴이 무섭기도 하고, 그녀가 누구에게도 말 못한 비밀을 내게 털어놓으려 하고 있구나 싶어 나는 순간 긴장되었습니다. 나는 타인의 비밀을 알고 싶지 않았습니다. 잘 알지 못하는 사람의 비밀은 더더구나요. 나는 그녀의 나이조차 제대로 모르고 있었습니다.

"정말이지 피를 나눈 자매들한테도 말 못한 비밀인데 말이야…… 내가 마흔 살 되던 해 남자를 하나 만났잖아. 서른세 살에 혼자되어 두 아들을 키우며 살다 보니 인생이 분하기도 하고 원망스럽기도 해서…… 여자로서 한창인 때 남편이 교통사고로 하루아침에 저세상으로 가버렸으니 말이야."

그녀가 거칠어지려는 숨을 고르며 커피 자판기를 노려보았습니다. 분함과 원망이 새삼 치밀어 올라서인지, 막상 비밀을 털어놓으려니 망설여져서인지 그 이유를 모르겠어서 나는 묵묵히 입을 다물고 있었습니다.

"경주 사람이 아니었어…… 그래서 마음을 주었을 거야. 경주 바닥이 좀 좁아야 말이지. 시댁도 친정도 경주여서 병원을 나서면 아는 사람을 꼭 한 명은 만나니까. 당장 어제만 해도 하나로마트에 장 보러 갔다가 죽은 남편의 사촌을 만났으니까."

그녀는 피식 웃고는 종이컵 속 식어버린 커피를 홀짝홀짝 마셨습니다.

"한창 나이에 과부로 사는 게 안됐는지 고등학교 동창 하나가 대구에 사는 남자를 소개해주지 뭐야. 서울 사람인데 직장 때문에 대구에 내려와 살고 있다고 했어. 아내하고 이혼만 안 했지 오래 별거 중이라고. 인물도 별로고 키도 나보다 작았는데 말이 없더라고. 과묵해서 믿음이 갔어. 아무튼 말 많은 남자는 딱 질색이야. 그 남자하고 열 번을 만났는데, 세 번째 만나는 날 같이 잤어. 싫지 않더라고. 싫기는…… 남녀의 조화가 이런 것이구나 싶을 만큼 좋았는걸. 일곱 번째 만나는 날 그 남자가 그러더라고. 아내하고 이혼하면 같이 살자고……

근데 그게 벌써 15년 전 일이야, 벌써 15년 전……."

그녀는 마지막 말을 몇 번이나 반복해 중얼거렸습니다.

"왜 계속 만나지 않았어요?"

내 질문에 표정을 흐리고 생각에 잠겨 있던 그녀가 말했습니다.

"그 남자한테 삼릉 소나무 숲을 보여주고 싶어서 삼릉에 데리고 갔지. 사람들은 삼릉 계곡에 진달래가 필 즈음이 절경이라지만, 진달래가 다 지고 송홧가루가 노랗게 날리는 춘삼월이 절경이야. 삼릉을 구경시켜주고 근처 순두부식당에 들어갔는데, 하필이면 그 식당에서 둘째아들 친구 엄마를 만났지 뭐야. 밤 9시 조금 넘어 집에 들어갔는데 둘째아들이 나를 똑바로 쳐다보며 묻지 뭐야. 남자 생겼느냐고. 초등학교 6학년짜리가 꼭 어른처럼 말하는데 혀가 얼음장처럼 굳어 아무 말도 못했어. 죽은 남편이 살아 돌아와 추궁하는 것 같더라니까. 몰랐는데 둘째가 죽은 남편하고 똑같이 생겼더라고. 어릴 때는 나하고 남편하고 반반씩 닮은 것 같았는데 클수록 남편을 더 닮아가더니, 지금은 죽은 남편하고 생긴 게 똑같아."

할 말을 다 한 듯 그녀는 종이컵 속 남은 커피를 입으로 홀

려 넣고 몸을 일으켰습니다. 휴게실을 나서려다 말고 그녀가
내게 물었습니다.

"아내하고 이혼했으면 날 찾아왔겠지?"

"……."

"틀림없이 날 찾아왔을 거야……."

그녀가 내게 비밀을 털어놓은 것은 내가 완전한 타인이기
때문이 아니었을까요. 그러니까 경주 사람이 아니어서. 언젠가
경주를 떠날 사람이어서, 떠날…….

*

나도 버려진 게 아닐까요?

누구로부터요?

나도.

누구로부터요?

나로부터요.

나는 누구로부터 버려진 걸까요. 버려졌는데, 누구로부터 버려졌는지 몰라 혼란스러워하고는 했습니다.

내가 나로부터 버려진 것이라면 나는 나를 왜 버렸을까요.

그리고 나는 나를 어디에 버렸을까요.

어쩌면 우리는 모두 자신으로부터 버려진 고아들이 아닐까요.

*

복도 끝 유리창에 그 남자가 서 있습니다. 감포 아주머니가 돌보는 환자 말이에요. 남자는 한 시간째 글자를 유리창에 써넣고 있습니다. 나비처럼 소리 없이 날아가버리는 글자를요.

남자가 마흔두 살로 폐에 생긴 암이 뇌까지 전이되어 두 주 전 입원했다는 것을, 전날 감포 아주머니로부터 들어 알았습니다.

문득 남자가 유리 위에 반복해서 써넣는 글자가 최초의 글자일지도 모르겠다는 생각이 듭니다. 세상 그 어느 사전에도 존재하지 않는 글자요.

최초의 글자는 땅에, 바위에, 허공에, 물 위에 쓰였겠지요.

흐르는 강물 위에 일기를 쓰고 싶다는 생각을 한 적이 있습니다.

물결 위에요.

*

종이컵에 물을 반 넘게 담아 복도 끝 유리창 앞에 놓아두었습니다.

*

재활실에 다녀왔습니다. 실은 며칠째 노인이 보이지 않습니다. 재활실 앞 복도에 놓인 의자에 한 시간 넘게 앉아 있었지만 노인은 끝끝내 나타나지 않았습니다. 걸음마 익히는 걸 포기한 걸까요. 여든여섯 살이라는 나이는 걸음마를 익히기에는 너무 늦은 나이인지도 모르겠습니다. 아니면 너무 이른 나이거나요.

노인에게 걸음마를 가르치던 재활치료사는 중년 여자를 치료하고 있었습니다. 여자가 매트 위에 대자로 누워 왼쪽 다리를 기역자로 구부렸다 펴는 것을 돕고 있었습니다.

오늘은 아침부터 비가 내립니다. 바다가 보고 싶습니다. 하얗게, 하얗게 부서지는 파도가 보고 싶습니다.

전날 당신 남편이 다녀갔습니다. 밤 10시가 넘은 시간에 병실 문을 열고 들어선 그는 뭔가 할 말이 있어서 찾아온 얼굴이었습니다. 나는 조용히 병실을 나왔습니다. 수업 중에 교실 밖으로 쫓겨난 여학생처럼 복도에 우두커니 서서 그가 당신에게 하는 소리를 들었습니다. 인사 발령이 있었는데 과천 국립중앙박물관으로 가게 되었다고, 당장 다음 주 월요일부터 그곳으로 출근해야 한다고, 그래서 자주 못 올 것 같다고.

바다를 보러 가는 대신에 정 선생님께 편지를 써야겠습니다.

사흘 전 강으로부터 집들이 초대 문자를 받았습니다. 선생님도 물론 초대를 받으셨겠지요. 벌써 6년 전이던가요. 그해 6월 강은 홍은동으로 이사를 하고 집들이를 했습니다. 40년 전에 지었다는, 비탈진 골목 끝에 요새처럼 들어앉은 양옥집을 강은 무척이나 마음에 들어 했습니다. 이사한 지 일주일도 안 되었다는 양옥집 곳곳에서 강의 섬세한 손길이 느껴지는 게, 전세 2년 계약으로 집주인이 재계약을 원하지 않으면 2년 뒤 살림을 꾸려 떠나야 하는 그 집에 강이 벌써부터 무한한 애정을 쏟고 있구나 싶었습니다. 강이 내게 가르쳐준 것이 있다면 집이 사랑의 대상이 될 수 있다는 것입니다.

　꽃게탕, 연어샐러드, 유부초밥, 고추잡채, 들깻가루고사리볶음, 방풍나물전. 강이 손수 요리한 음식들 중 압권은 방풍나물전이었습니다. 밀가루 반죽을 묻혀 콩기름에 부친 것이 고작인 방풍나물전을 먹으며 홍 선생님이 그러셨지요. 거친 바닷바람을 맞고 자라서인지 방풍나물이 풍병에 효능이 있다고. 그러자 강원도 인제 용대리가 고향으로 나물에 일가견이 있는 문이 거들고 나섰습니다. 방풍나물이 뼈와 눈에도 좋고 감기나 폐렴에도 효과가 있다고요. 아무튼 여수에 사는 강의 친

척이 택배로 보내왔다는 방풍나물은 집들이를 한결 풍성하게
해주었습니다.

그날의 집들이가 제게 유난히 잊히지 않는 것은 집들이를
마치고 집으로 돌아가는 길이 인상적이었기 때문일 것입니다.

밤 11시가 훌쩍 지나서 다 같이 강의 집을 나선 우리는 선
생님의 제안으로 버스정류장까지 걸어가기로 했습니다. 버스
정류장까지 가는 마을버스가 있었지만 배도 부르고 밤바람이
시원해 걸어가기로 한 것이었습니다. 비탈진 골목을 내려가던
중 빈 택시가 보이자, 홍 선생님이 자신은 아무래도 택시를 타
야 할 것 같다며 빈 택시를 향해 손을 흔들었습니다. 열차 시
간에 늦기라도 한 듯 허둥지둥 택시에 오르는 홍 선생님의 손
에는 강이 싸준 방풍나물전이 들려 있었습니다. 홍 선생님을
태운 택시 뒤꽁무니가 어둠 속으로 사라질 때까지 손을 흔들
어주고 우리는 마저 골목을 내려왔습니다. 가로등 아래서 담
배를 피워 물던 문이 자신은 그냥 지하철을 타야겠다고 하자,
박도 그래야겠다며 문과 함께 지하철역 쪽으로 방향을 틀었
습니다. 그날 처음 인사한 편도 택시를 타야겠다며 가버려 선
생님과 나, 둘만 남게 되었습니다. 말 못할 근심거리라도 있는

지 묵묵히 걷기만 하던 선생님이 돌연 좀 더 걷고 싶다며 나를 향해 손을 흔든 것은 버스정류장에 거의 다 도착해서였습니다. 그렇게 해서 결국 버스정류장에 도착했을 때 나는 혼자였습니다. 굶주린 짐승의 식도처럼 텅 빈 도로에서 불어오는 바람을 맞으며 나는 속으로 중얼거렸습니다.

'인간은 종국에는 헤어지게 되어 있구나, 뿔뿔이 흩어지고 헤어져 혼자만 남게 되어 있구나.'

참다운 나란 무엇인가를 고민했다는 키르케고르는 '신 앞에 선 단독자가 진정한 자신'이라고 했지요. 마흔두 살에 객사한 그의 그 말이 나는 오롯이 홀로여야 신과 만날 수 있다는 뜻으로 해석됩니다.

선생님도 기억하실지 모르겠지만 어느 날 돌연 가톨릭 세례를 받은 강에게 조가 물었습니다.

"신이 정말로 있다고 생각해?"

강과 조, 그 두 사람이 색으로 치면 보색이라는 걸 선생님도 인정하시겠지요. 두 사람 사이에 발생하는 긴장을 완화시켜주는 이가 바로 선생님이라는 것도요. 그래서 그 두 사람이 있는 자리에는 어김없이 선생님이 함께하는 게 아닐까요. 세

례 받은 지 일주일도 안 된 강에게 조가 실례가 되는 질문을 한 것은 정말로 궁금해서였을 것입니다.

"그러게…… 아무튼 나는 우리 인간들이 신이라고 부르는 그 어떤 존재를 느껴. 그리고 그때마다 두려운 황홀감을 맛보지."

그것이 강의 대답이었지요.

선생님, 저는 경주에 내려와서야 비로소 신의 존재를 느낍니다. 식물인간인 여자를 돌보며 문득문득 신의 존재를 느끼고 몸서리치고는 합니다.

선생님, 그런데 신에 대한 믿음도 없이 온몸으로 신의 존재를 느끼는 이 아이러니를 어떻게 이해해야 할까요.

그날, 집으로 가는 버스는 끝끝내 오지 않았습니다.

끝끝내 버스가 오지 않았는데 저는 집에 어떻게 돌아갔을까요?

추신 선생님, 그날 저는 집으로 돌아가지 못한 게 아닐까요. 돌아가지 못하고 거리를 헤매다 식물인간이 되어버린 낯선 여인 앞에 당도한 게 아닐까요?

오후 내내 빗소리 속에서 모나미 볼펜을 꾹꾹 눌러가며 쓴 편지를 정 선생님께 부치게 될 것 같지 않습니다. 끝끝내 오지 않은 버스처럼 끝끝내 부치지 못한 편지도 의미가 있겠지요.

당신은 11년째 홀로 신 앞에 서 있는 게 아닐까요.
그렇다면 11년째 침대 위에 누워 있는 저 여자는 누굴까요. 회색빛 시선으로 나를 응시하고 있는 저 여자는요.

*

우리가 신이라고 부르는 존재는 어디에 있을까요. 신이라는 말 속에 있을까요. 그 어디에도 없으면서 그 어디에나 있을까요.

지난 새벽 누군가의 손이 내 등을 더듬는 걸 느끼고 깨어났습니다. 보조침대 위에서 모로 누워 잠든 내 등을요.
당신이었을까요.

간절히 당신을 어루만지고 싶지만 그럴 수가 없습니다.

당신은 내 손이 닿을 수 없는 곳에 있습니다.

내 시선이 닿을 수 없는 곳에.

'두 시간 남았다고요? 그녀가 떠날 시간이요, 도착할 시간이요?'

그 문장을 나는 어디서 읽었을까요.

여전히 당신이 내 손도, 시선도 닿을 수 없는 곳에 있지만 나는 당신을 떠나지 못하고 있습니다. 소변이 차 방광이 터질 것 같은 요의에도 나는 당신 곁에 버티고 앉아 있습니다.

이토록 당신을 떠나지 못하고 있지만 언젠가 나는 당신을 떠나겠지요.

내가 떠난 뒤 당신이 기적처럼 깨어난다면, 그리고 그 어느 날 당신과 내가 우연히 길에서 마주친다면 당신은 날 알아볼까요.

당신이 날 알아보았으면.

날 알아보지 못했으면.

*

　기억하더라도, 기억하지 못하는 방식으로 기억하기를 바랍니다.

　당신이 나를 기억한다면 말이에요.

　망각하는 방식으로요.

　최초의 존재들은 한결같이 망각된 존재들이라는 생각을 했었습니다.

　내 첫 번째 개가 실은 두 번째 개였다는 걸 깨닫고 나서.

*

　당신 침대는 창과 나란히 놓여 있습니다. 침대 사이드테이블 위에는 액자, 녹색 유리 화병, 화장지가 놓여 있습니다. 유리 화병에는 마른 안개가 한 다발 증발하지 못하고 떠도는 안개처럼 꽂혀 있습니다.

침대와 창 사이에는 갈색 등받이 의자가 놓여 있습니다. 의자에는 대개 내가 앉아 있습니다. 당신 남편이나 여동생이 오면 나는 의자를 그들에게 내어줍니다.

*

당신 꿈을 꾸었습니다. 당신이 등장하지는 않았지만 틀림없는 당신 꿈이었습니다.

꿈에 당신에게 쓰다 만 편지가 내 앞에 놓여 있었습니다.

*

당신 머리를 빗기고 있는데 감포 아주머니가 병실 안으로 얼굴을 삐죽 내밀고 물어옵니다.

"혹시 우리 아저씨 못 봤어?"

감포 아주머니는 자신이 돌보는 환자를 '아저씨'라고 불렀습니다.

"아니요, 못 봤는데요……."

"어딜 갔을까? 내가 양치하는 사이에 감쪽같이 사라져버렸지 뭐야."

감포 아주머니는 늘 그렇듯 정성 들여 화장한 얼굴입니다. 예순다섯 살이라는 나이가 믿기지 않을 만큼 얼굴이 곱고 화사합니다.

"머리가 도끼로 내리친 장작처럼 두 쪽으로 쪼개지는 것 같다고 하더니만……."

감포 아주머니는 혼잣말을 중얼거리고 가버립니다.

내가 말했나요. 감포 아주머니가 몇 년 전까지 감포에서 펜션을 했는데 도박에 빠진 아들 빚을 갚느라 헐값에 떠넘기고 간병인 일을 시작했다고요. 감포는 바닷가라지요. 꽁치와 오징어를 잡는 어선이 드나드는 항구도 있고, 봉길해수욕장도 있다지요. 감은사지와 문무대왕릉도 그쪽에 있다고 들었습니다. 감포항이 일제시대 때 꽤 번성했던 항구였다고요. 경주에서 차로 이십 분이면 닿는다는 감포라는 곳에 가보고 싶습니다. 감포 아주머니의 남동생이 한다는 '은혜횟집'에서 참가자미물회도 먹어보고 싶고요. 은혜횟집은 자연산 참가자미물회만 팔기 때문에 날이 궂은 날에는 장사를 하지 않는다고 했습니다. 서울 사람들은 국수처럼 국물이 흥건한 물회만 아는데 야채와 함께 비벼 먹는 민물회가 있다지요. 감포 아주머니의 말에 따르면 날생선 특유의 쫄깃한 질감을 즐길 수 있는 민물회의 맛을 결정짓는 것은 간마늘과 콩가루입니다. 은혜횟집에서는 바로 그 민물회를 내놓는데 남동생이 직접 농사지은 마늘과 콩을 재료로 쓴다고 했습니다. 그런데 은혜횟집의 은혜는 '은혜롭다'의 그 은혜일까요. 아니면 누군가의 이름일까요. 딸이나 아들의 이름을 넣어 상호명을 짓는 상점들이 더러 있기도 하니까요. 감포에 가본 적도 없으면서 은혜횟집 간판을 본 것 같은 기분이 듭니다. 노란 글씨로 '은혜횟집'이라고 쓴 연두색 간판을 나는 어디에서 보았을까요.

*

내 그림자가 당신 얼굴에 검은 면사포처럼 드리워집니다. 내가 당신에게 나누어줄 거라고는 그림자뿐입니다.

곧 여름이 오겠지요. 폭염의 날들이 이어지겠지만 여름은 지나가겠지요. 지나가버린 여름들처럼 말이에요. 그 어느 해

여름 돋보기로 개미를 불태워 죽이던 소년들은 다 어디로 갔을까요. 어딘가에서 어른의 얼굴을 하고 누군가의 남편으로, 아버지로 살아가고 있겠지요.

*

조금 전 감포 아주머니가 돌보는 환자가 스스로 목숨을 끊었다는 소식을 전해 들었습니다. 간호사실에 새 환자복을 가지러 갔다가 명자 아주머니로부터요. 그가 병원 화장실에서 목을 매달고 죽어 있는 것을 청소하는 아주머니가 발견했다고 했습니다.

"감포 아주머니는요?"

감포 아주머니가 걱정되었습니다.

"빈소에 가본다고 갔어."

"빈소요?"

벌써 빈소가 차려졌나 싶어 나는 그렇게 물었습니다.

"병원 장례식장에 빈소를 차렸나 봐. 2일장으로 치르겠지. 좋게 못 갔으니까. 내 사촌 하나도 안 좋게 세상을 떠났는데 가족들이 쉬쉬하며 서둘러 해치우더라고."

실은 그 남자를 보았습니다. 남자가 병원 화장실에서 목을 매달기 몇 시간 전에요. 복도를 걷는데 환자복을 입은 남자가 저만치서 터벅터벅 걸어오고 있었습니다. 무심히 지나가려는데 남자가 불쑥 물어왔습니다.

"저기, 오늘이 며칠인가요?"

"오늘이요?"

오늘이 먼 과거나 먼 미래의 그 어느 날만 같아 나는 되물었습니다.

"오늘이……."

"12일이요."

병실에 돌아와 당신 머리맡 달력을 보고 나서야 오늘이 11일이라는 것을 깨달았습니다. 당황스럽기도 하고, 요 며칠 날짜를 잊고 살았던 탓에 날짜를 그만 잘못 알려주었던 것입니다. 복도를 내다보았지만 남자는 그새 자취를 감추고 없었습니다. 감포 아주머니가 곱게 화장한 얼굴을 병실 문 안으로 내밀고 그를 찾은 것은 그러고 나서 이십 분쯤 지나서였습니다.

복도에서 남자를 봤으면서, 말까지 주고받았으면서 못 봤다고 명자 아주머니에게 말한 것은 연극의 한 장면 같았기 때문이었습니다. 그러니까 복도에서 남자를 만난 것이 내가 오래전에 했던 연극의 한 장면만요. "12일이요" 하고 말할 때 나는 무대 위에서 대사를 암기하는 것처럼 떨렸습니다. 남자를 지나쳐 걸어가다 말고 내가 문득 멈추어 선 것은 복도가 무대 세트장 같았기 때문이었습니다. 나는 아랫입술을 깨물며 뒤를 돌아다보고 싶은 욕구를 참았습니다. 절대로 뒤돌아보아서는 안 되는 오르페우스처럼.

무대를 내려오자마자 뒤를 돌아보는 것은 내 버릇입니다. 무대가 전생이기라도 한 듯 고개를 돌리고 뒤를 돌아보는 것은.

뒤돌아봄은 또 다른 눈멂이라는 생각이 듭니다. 뒤돌아보는 순간 앞에 펼쳐진 것들을 볼 수 없게 되니까요.

남자는 어째서 죽음을 향해 저벅저벅 걸어가면서 내게 날짜를 물어보았을까요. 남자가 물은 오늘은 오늘이 아니라 다른 날일지도 모르겠습니다.

그런데 그의 죽음을 자살이라고 할 수 있을까요. 예순 살에 유서를 남기고 우즈 강에 투신한 버지니아 울프의 죽음이 자살로 생각되지 않는 것처럼 남자의 죽음 또한 내게는 자살로 생각되지 않습니다. 암이 뇌까지 전이된 그가 감당해야 했을 육체적 고통을 누가 온전히 이해할까요. 머리가 도끼로 내리친 장작처럼 두 쪽으로 쪼개지는 것 같은 고통을요.

육체적 고통은 나누어가질 수 없다는 걸, 당신은 누구보다 잘 알고 있겠지요.

강물로 뛰어들기 전 버지니아 울프가 우즈 강가에 지팡이와 함께 남겼다는 발자국…… 그 발자국에 발을 대보고 싶습니다.

*

밤 9시쯤 물 적신 가제 손수건으로 당신 얼굴을 씻기다 말고 복도로 뛰쳐나갔습니다. 정신을 차렸을 때 나는 복도 끝 유리창 앞에 서 있었습니다.

나는 유리창으로 손가락을 가져갔습니다. 지문이 묻어나도록 손가락으로 유리창을 꾹 눌렀다 뗀 뒤 글자를 적어나갔습니다.

'잘 가요.'

*

내 몸이 흐르는 물처럼 당신 몸 안으로 들어가 담기는 상상을 합니다. 당신 몸 안에서 출렁이는 상상을요.

당신 얼굴에는 지금껏 당신이 지은 적 없는 표정이 떠올라 있습니다.

당신 얼굴로 내 손을 가져갑니다. 그럴 수만 있다면, 당신 얼굴에 떠오른 표정을 내 얼굴로 훔쳐오고 싶습니다.

살이 오른 걸까요. 아니면 배란기라서 풍만해 보이는 걸까요. 생리 주기에 따르면 당신 몸은 배란기입니다. 열감이 있는데다, 젖가슴과 엉덩이가 풍만해진 느낌입니다. 생리 주기에 따라 몸만이 아니라 감정 또한 미묘한 변화를 겪는다는 걸 안

것은 마흔 살이 넘어서였습니다. 생리가 있기 닷새 전쯤 우울 증 같은 감정에 휘둘리고는 했는데, 그것이 생리전증후군이었 다는 걸 그때까지 몰랐습니다.

당신의 생리 주기는 27일로 어김이 없습니다. 생리를 거른 적도, 예정일과 어긋난 적도 없습니다.

당신의 생리 시작 날과 내 생리 시작 날은 같거나 하루이틀 차이입니다. 처음부터 그랬던 게 아니라 당신 몸을 돌보는 동 안 내 생리 주기가 조금씩 앞당겨지더니 비슷해진 것입니다. 내 몸이 당신 몸의 영향을 받고 있다는 사실을 나는 부인하고 싶지 않습니다.

지상에서 나라는 존재를 붙들고 있는 게 있다면 당신 육체 가 아닐까요. 머리카락 한 올도 쥘 수 없는 당신 손이, 손가락 하나하나가 뿌리처럼 나를 붙들고 있는 것이.

시작도 끝도 없다는 우주를 홀로 떠다니는 고독감에 몸서 리치고는 했습니다. 경주에 내려올 즈음에요.

조금 전 나도 모르게 어깨를 떨었습니다. 당신 몸이 임신 가능한 몸이라는 사실을 깨닫고는 나도 모르게.

*

꽃들은 피어날 때 자신의 의지로 피어나는 걸까요.
그리고 당신은 당신의 의지로 지금껏 살아 있는 걸까요.

사라진 거울을 아직 찾지 못했습니다. 뒤돌아보는 것을 허락하지 않는 물건을요.

*

새벽 당신의 목소리가 나를 깨웁니다.

나를 데려가고 싶어요.

어디로요?

나에게로.

나요?

나.

새

　당신은 그 어느 때보다 잘 지내고 있습니다. 호흡이 안정적
이고 체온과 혈압, 당뇨 수치도 정상입니다. 피검사 결과 콜레
스테롤과 호르몬 수치도 정상으로 나왔습니다.
　"기분이 좋아 보이시네요."
　간호사가 혈압을 재며 그렇게 말했을 정도로 당신 얼굴에
밝은 기운이 감돕니다. 당신을 돌보는 일이 여전히 힘에 부치
고 낯설지만 그럭저럭 잘 해내고 있는 것 같아 스스로가 대견
스럽기까지 합니다. 어제는 점심을 먹고 봉황대 주변을 산책했
는데 불과 사나흘 사이에 봉황대의 나무들이 울창해져 있었
습니다. 짙어진 잎들을 흔드는 나무들을 보고 있으려니 경주
의 여름이 은근히 기대되기도 했습니다. 분지라 대구 못지않

게 덥다고 명자 아주머니에게서 들었지만, 대구의 여름 역시 경험해보지 못했기에 감이 잡히지 않습니다.

생리대와 치약을 사러 병원 근처 마트에 다녀오는 사이에 당신 여동생이 와 있습니다. 다녀간 지 일주일 만입니다.

"아, 왔어요?"

지난번 다녀갔을 때의 서운하던 감정을 누르고 애서 반갑게 건네는 말에 당신 여동생은 고개만 한 번 끄덕여 보입니다. 뭔가 단단히 화가 난 얼굴입니다. 당신을 만나러 오기 전에 화가 나는 일이 있었던 것인지, 당신 때문에 화가 난 것인지 나로서는 알 수 없습니다.

여동생이 온 것을 아는지 모르는지 당신 눈은 감겨 있습니다.

병실 공기가 덥게 느껴져 창문을 열려는데 당신 여동생 목소리가 들려옵니다.

"언니가 그만 갔으면 좋겠어요. 그만 힘들게 하고 갔으면……"

창문을 열려던 내 손이 저절로 움츠러듭니다. 아무 말도 못하고 창문 앞에 서 있는데 그녀가 내게 불쑥 물어옵니다.

"언니가 깨어날 수 있을까요?"

"그런 경우가 있다니까……."

나는 위축된 목소리로 자신 없이 중얼거립니다.

"10년 뒤에요? 아니면 20년 뒤에?"

"……."

"10년 뒤에 언니가 깨어난다 해도 그게 무슨 소용이겠어요. 모든 게 변해 있을 텐데, 언니가 감당하기 힘들 정도로 변해 있을 텐데요. 언니 자신도, 세상도……."

"……."

"어차피 갈 거면 하루라도 빨리 가는 게 낫지 않아요? 누구 보다 언니 자신을 위해서 하루라도……."

원망 어린 목소리가 떨려 나옵니다. 친정어머니가 당신을 돌보다 병원 계단에서 넘어져 골반이 무너졌고, 그 바람에 요양병원에서 지내다 세상을 떠났다고 들었습니다.

그녀가 몸을 일으키더니 허리를 구부리고 당신 얼굴 가까이 자신의 얼굴을 가져갑니다.

그녀가 하는 행동을 나는 그저 뒤에서 조용히 지켜볼 뿐입니다.

"언니, 그만 가……."

"그만 가……."

듣고 있나요. 당신이 고통스러우리라는 걸 알면서 나는 그녀를 당신으로부터 멀리 내쫓지 못합니다.

"여기 아무도 없어……."

"아무도……."

"언니가 당장 가버려도 붙잡을 사람 없어…… 그러니까 그만 가…… 가지 말라고 매달릴 사람 없으니까 제발 그만 가……."

그녀가 당신에게 하는 말들이 어째서인지 내게 하는 말 같습니다. 두 눈을 감고 침대 위에 마네킹처럼 누워 있는 사람이 당신이 아니라 나 같습니다.

무대를 떠날 때 아무도 나를 붙잡지 않았습니다.

정 선생님조차도 나를 붙잡지 않았으니까요. 그녀가 때때로 무섭도록 냉정하다는 걸 알고 있으면서 나는 못내 서운했습니다. 빈말이라도 다시 돌아오라는 말 한마디 내게 건네지 않았으니까요. 돌이켜보면 나 역시 누군가 무대를 떠날 때 붙잡지 않았습니다. 누군가 무대를 떠날 때는 그게 누구든 피치 못할 이유가 있었으니까요. 가난이든, 연극에 대한 지독한 환멸이든, 질병이든, 죽음이든…….

극단 동기들 중 가장 끝까지 무대 위에서 살아남은 사람이 주연 한번 맡아본 적 없는 나 자신이었다는 아이러니를, 나는 무대를 떠나고 나서야 알았습니다.

"언니, 내가 하는 말 잘 들어."

"언니가 떠나야지, 우리가 제대로 살 수 있어."

격해진 감정을 추스르기 위해 숨을 고르던 그녀가 당신 어깨를 양손으로 붙들더니 흔들기 시작합니다.

"언니…… 말 좀 해봐."

"아무 말이라도 해봐."

"살아 있기는 한 거야?"

"살아 있기는……."

*

먹지 같은 무대 위에서 말의 얼굴을 쓰다듬는 꿈을 꾸었습니다.

죽어가는 말의 얼굴을.

죽은 말의 얼굴을.

*

당신 여동생이 가고 열세 시간이 지나서야 당신은 눈을 뜹니다. 형형하다 못해 찬란한 당신 눈빛이 내게 묻습니다.

다들 어디로 갔나요?

당신을 찾아갔어요.

어디로요?

당신이 간 곳으로 갔겠지요.

내가 어디로 갔는데요?

당신이 어디로 갔는지는 당신이 잘 알겠지요.

나는 아무 곳으로도 가지 않았어요. 그러니 아무 곳에도 없어요.

"징그러워!"

정옥 아주머니가 중얼거리는 소리에 놀라 나는 홀쩍 고개를 돌려 그녀 쪽을 바라봅니다. 그녀의 손에 약봉지가 들려 있습니다.

"약봉지가 바퀴벌레보다 징그럽다니까!"

*

재활실에서 재활 치료를 받고 있는 환자들을 구경하고 있는데, 작고 통통한 여자가 불쑥 말을 걸어왔습니다. 병실 앞을 지나다 당신 손톱을 깎이고 있는 나를 보았다고 했습니다. 복도에서 몇 번 마주친 적이 있지만 여자가 말을 걸어온 것은 처음이었습니다.

누구에게 들었는지 여자는 당신에 대해 알고 있었습니다.

"식물인간이라면서요? 식물인간도 손톱이 자라나 봐요."

간병인이라는 여자는 교통사고로 전신이 마비된 환자를 돌보고 있다고 했습니다. 서른아홉 살 먹은 남자인데, 교통사고로 척추를 크게 다쳐 하반신을 전혀 쓰지 못한다고 했습니다.

여자가 갑자기 정색을 하더니 눈썹에 힘을 주고 말했습니다.

"지난 새벽에는 글쎄 나를 조용히 깨우더니 자기 좀 죽여 달라고 사정을 하대요. 죽는 게 소원이라고요. 스스로 목숨을 끊고 싶어도 사지가 마비되어 그럴 수 없으니 죽여달라고요. 독약을 먹이든 목을 조르든 죽여만 달라고…… 서른아홉 살에 사지가 그 지경이 되었으니 오죽하겠어요. 내가 들은 척도 않자 자기가 죽는 걸 도와주면 5000만 원을 주겠다고 하데요."

"그래……서요?"

"그래서 내가 그랬지요. 하나님을 믿는 내가 살인을 저지를 수는 없으니, 대신에 스스로 목숨을 끊을 수 있게 도와주겠다고요."

"……어떻게요?"

내 질문에 여자가 눈을 가늘게 하고 의미심장한 웃음을 흘렸습니다.

"내일부터 재활실에 가서 손가락 재활 훈련을 시작하자고 했지요. 오른손이든 왼손이든 한 손이라도 제대로 쓸 수 있으면 얼마든지 목숨을 끊을 수 있을 거 아니냐고요. 글쎄 그랬더니 재활실에 데려다 달라고 사정을 하데요."

나는 재활실 안을 들여다보았습니다. 휠체어를 탄 남자가 눈에 들어왔습니다. 남자는 탁구대처럼 커다란 테이블 위 자신의 앞에 놓인 둥글고 긴 용기 속으로 손을 가져가려 애쓰고 있었습니다.

"죽고 싶어도 못 죽으니 얼마나 답답하고 억울할까."

*

604호 병실이 소란합니다. 간호사와 의사가 분주하게 들락거리고, 명자 아주머니가 복도로 나와 휴대전화를 붙들고 어딘가로 통화를 시도하고 있습니다. 나는 그녀 곁으로 다가가 무슨 일인지 조심스럽게 물어봅니다.

"열이 40도까지 올라서 떨어지지 않네…… 의사 선생님이 마음의 준비를 하라는데, 큰아들이 전화를 받아야지 말이야. 큰아들 전화번호밖에 모르는데 어찌지? 자식이 다섯 명이나 되는데, 다섯 명 다 아버지를 나한테 맡겨놓고 들여다보지도 않더니만……"

10시쯤 걱정이 되어 604호 병실을 들여다보니 명자 아주머니가 영감님의 겨드랑이에 얼음주머니를 대주고 있습니다. 큰아들인지 말끔한 양복 차림의 사내가 침대 발치에 어두운 표정으로 서 있습니다.

병실로 돌아온 나는 모든 불을 끄고 보조침대로 올라가 눕습니다.

오한이 든 듯 몸이 떨려와 이불을 목까지 끌어당겨 덮습니다.

벽 너머에서 한 인간이 생과 사를 오가고 있다는 사실이 믿기지 않을 만큼 당신 숨소리는 차분합니다.

이 시간 어디선가는 새 생명이 태어나고, 어디선가는 누군가 죽어가고 있겠지요.

실컷 울고 났을 때처럼 갈증이 납니다. 물을 한 컵이나 마셨는데도 갈증이 가시지 않습니다. 어쩌면 갈증이 나는 건 내가아니라 당신이 아닐까, 하는 생각이 듭니다. 보름이나 차이 나던 생리 주기가 같아진 뒤로 나는 당신이 내 몸을 통해 말을 걸어오는 것 같은 기분이 들고는 합니다. 며칠 전에는 오른쪽귀가 간지러웠습니다. 면봉으로 피가 나도록 후볐는데도 간지러운 게 가라앉지 않았습니다. 혹시나 당신의 오른쪽 귀가 간지러운 게 아닐까 싶어 당신의 오른쪽 귀를 파주었고 그제야 간지러운 게 가라앉았습니다.

당신은 눈을 뜨고 있습니다. 내가 침대 머리맡 등을 끄기 전 들여다보았을 때만 해도 당신은 눈을 감고 있었습니다.

냉장고에서 꺼내온 생수를 컵에 따르고, 티스푼으로 물을 떠 당신의 혀에 떨어뜨려줍니다.

한 방울, 두 방울, 세 방울째 떨어뜨려주는데 정옥 아주머니의 탄식과 함께 중얼거리는 소리가 들려옵니다.

"내가 얼마나 살 수 있을까?"

"수술이 잘되었다고 하지 않았어요? 항암 치료도 잘 받고 계시니……."

"왜 몰랐을까?"

"뭘요?"

"나도 언젠가 죽는다는 걸 말이야. 우리 아버지도 죽고, 어머니도 죽었는데 말이야. 심지어 내 남편도 죽었는데……."

*

"새를 죽였죠? 왜 죽였죠?"

그것은 홍이 마지막으로 무대에 올랐을 때 했던 대사 중 일부입니다. 외젠 이오네스코의 희곡『의자』속 노파로 분장하고요. 동기들 중 하나인 홍은 죽음으로 무대를 떠났습니다. 배우로서 천부적인 재능을 타고난 그녀가 지독한 대인공포증과 우울증을 앓았다는 것을 우리 모두는 그녀가 세상을 떠나고서야 알았습니다.

새를 죽였죠?

왜 죽였죠?

*

무리 지어 이동하는 발소리를 듣고 깨어났을 때 병실 시계는 6시를 막 지나고 있었습니다. 입원 병동의 아침은 회진과 수술 준비 등으로 6시면 시작됩니다. 창이 서쪽으로 나 있어서 병실은 아직 어둑하지만, 창 너머 하늘은 벌써 환하게 밝았습니다. 경주는 서울보다 해가 일찍 뜨고 또 지는 것 같습니다.

늘 그렇듯 나는 가장 먼저 당신을 살핍니다. 눈을 꼭 감고 있는 당신의 얼굴이 사납습니다. 비뚜름히 벌어진 입술에서 토해지는 숨소리는 성이 나 있습니다. 당신의 이마로 흘러내린 서너 가닥의 머리카락을 손으로 슬쩍 쓸어 올려주고 돌아서는데 명자 아주머니가 병실 앞으로 지나가는 것이 얼핏 눈에 들어옵니다. 나는 얼른 복도로 뛰어나가 그녀를 부릅니다.

"아주머니!"

604호 병실로 들어서려던 명자 아주머니가 고개를 돌려 나를 바라봅니다. 밤사이에 눈이 퀭하게 꺼진 그녀 얼굴이 다행히 밝습니다.

"황 영감님은 어떠세요?"

"의사가 조금 전에 병실에 다녀갔는데 내 등을 두드리며 그러더라고. 고비는 넘겼다고. 밤새 지극정성으로 돌본 보람이 있지 뭐야."

"아, 다행이네요."

그녀가 가까이 다가오더니 귀에 대고 비밀을 이야기하듯 속

삭입니다.

"나는 누가 죽는 게 싫어. 아무도 안 죽었으면 좋겠어. 숨이 멎으면 죽는 거더라고. 일단 숨이 멎으면 되돌릴 수 없어……."

병실과 복도에 감돌던 소란은 10시쯤에야 잠잠해집니다. 병실에는 당신과 나 둘뿐입니다. 내게 고정되어 있던 당신의 눈동자가 슬그머니 문을 향합니다. 반쯤 열어둔 문 앞에 누가 서 있기라도 한 듯.

문 앞에는 그러나 아무도 없습니다.

나는 문 쪽으로 걸어갑니다.

소리 나게 문을 닫고 당신 곁으로 되돌아옵니다.

당신 눈동자는 여전히 문을 향하고 있습니다.

*

나는 노서동 능들 중 하나인 쌍상총이 바라다보이는 느티나무 아래에 서 있습니다. 봉분 안에 침상 두 개가 나란히 놓여 있어서 쌍상충이라고 부르게 되었다지요. 쌍상충의 왼쪽 옆으로는 오솔길처럼 좁고 휘어진 길이 나 있습니다. 사람들의 발길이 쌓이고 쌓여 저절로 생긴 길입니다. 쌍상충의 오른쪽 옆으로는 비석이 세워져 있습니다.

잎이 풍성하게 오른 느티나무가 흔들리며, 그것이 드리우는 그림자도 덩달아 흔들립니다.

누가 나를 이 느티나무 아래에 데려다 놓은 걸까요. 당신 옆에 있던 나를요. 나는 내 발로 이 느티나무까지 걸어온 기억이 없습니다.

느티나무로부터 열대여섯 발짝 떨어진 곳에서는 노인들이 장기를 두고 있습니다. 노인들 중 하나가 타고 왔을 낡고 오래된 자전거가 노인들 가까이에 비스듬히 세워져 있습니다.

여자 둘이 이야기를 나누며 내 앞으로 지나갑니다.

"자수가게, 팔려고 내놨다며?"

"얼마에 내놨대?"

"4억이라던가?"

"4억? 3억이면 몰라도, 누가 그 집을 4억이나 주고 살까?"

"자수가게가 북향만 아니면 4억은 충분히 받을 텐데. 복층이라 리모델링해서 게스트하우스 같은 거 차려도 잘되지 않을까……."

"나는 사주 보는 사람이 그러는데 서향집이 맞는다더라. 뜨는 해가 아니라 지는 해를 보고 살아야 한다나……."

능들 위로 진분홍빛 노을이 번져옵니다.

나는 당신을 기다리고 있습니다. 기다리다 보면 당신이 나를 데리러 올 것 같습니다. 당신이 깨어나 나를 데리러 올 거라는 믿음은 도대체 어디에서 기인한 걸까요.

힘차게 던져진 공처럼 능들 위로 날아든 까마귀를 눈으로 좇던 나는 문득 목을 길게 빼고 사방을 둘러봅니다. 누군가 나를 부르는 소리가 들리는 것 같습니다.

웬 여자가 자주색 치마를 펄럭펄럭 흔들며 나를 향해 하염없이 손을 흔들고 있습니다. 얼굴이 텅 빈 구멍처럼 보일 정도로 여자와 내 거리는 제법 됩니다.

나는 몸을 일으킵니다. 여자를 향해 저벅저벅 걸어갑니다. 바람이 정면에서 불어와 눈을 제대로 뜰 수 없습니다. 제법 자

란 잔디들이 발목을 사납게 핥아댑니다.

내가 가까이 다가가자 여자가 흔들던 손을 내리고 나를 빤히 바라봅니다.

"왜요?"

"날 불렀잖아요."

"내가요?"

"저기 벤치에 앉아 있는 나를 향해 손짓을 했잖아요."

"내가 언제요?"

여자가 매섭게 나를 쏘아봅니다. 내가 잘못 본 걸까요. 아니면 내가 아니라 다른 사람을 향해 손짓을 했던 걸까요.

"날 모르겠어요?"

"네?"

여자가 황당해하는 표정을 짓습니다.

"전에 만난 적이 있는 거 같아서……."

"우리가요?"

"전에 어디선가……."

"나는 기억이 없는데요."

"정말 날 모르겠어요?"

"모르겠는데요."

나는 울고 싶은 심정이 됩니다. 모르는 사람이라고, 어떻게 그렇게 확신할 수 있나 싶은 게. 내가 계속 쳐다보고 서 있자 여자는 몹시 화난 표정을 지어 보이고는 홱 돌아서서 가버립니다.

여자와 나는 정말로 서로 모르는 사람일까요. 어디서도 만난 적이 없을까요. 그 어디서도 찰나로라도 스친 적조차 없는 걸까요.

여자는 누구를 향해 그렇게 간절히 손짓을 했던 걸까요.

명자 아주머니에게 물어볼 게 있어서 604호 병실을 들여다보니, 그녀는 어디를 가고 황 영감님 혼자 병실을 지키고 있었습니다. 돌아서서 나오려는데 황 영감님의 손이 허공으로 공중부양을 하듯 들립니다. 링거 줄이 매달린, 마른 진흙덩이 같은 손이 마치 나를 부르는 것만 같습니다.

나는 병실 안으로 들어갑니다. 다른 침대 환자가 잠들어 있어서 발소리를 죽이고 황 영감님 곁으로 다가갑니다. 그의 금방이라도 점멸할 것 같은 빛이 떠도는 눈동자를 들여다보던 나는 화들짝 놀라 한 발짝 뒤로 물러섭니다.

얼어붙은 듯 서 있는데 허공으로 들린 그의 손이 나부끼듯 흔들립니다. 가까이, 가까이 오라고 내게 손짓하는 것만 같습니다.

나를 명자 아주머니로 착각한 걸까요.

한순간 그의 입이 쩍 벌어지더니 깊은 골짜기에 떠도는 것 같은 습하고 스산한 소리가 토해집니다. 뭐라고 말을 하는 것 같은데 도무지 알아들을 수가 없습니다.

"왜요, 불편한 거라도 있으세요? 불편한 거라도……."

허공으로 들린 그의 손이 내 머리채를 움켜잡습니다. 며칠 전 생사를 오간 노인의 손이라는 게 믿어지지 않을 만큼 악력이 세 내 입에서 저절로 비명이 터져 나옵니다. 그가 내 머리카락을 움켜잡고 죽음을 향해 뛰어내릴 것 같은 공포가 밀려듭니다. 나는 그의 손을 거칠게 뿌리치고 604호 병실을 뛰쳐나갑니다.

저만치서 걸어오는 간호사를 보고서야 뒤미처 걱정이 되어 나는 멈칫 서버립니다. 내가 손을 뿌리칠 때 링거 줄이 빠졌으면 어쩌나 싶습니다. 황 영감님은 링거 줄을 통해 공급되는 약

물로 겨우 생명을 이어가고 있습니다.

나는 다시 604호 병실로 향합니다. 내 머리채를 잡고 늘어지던 황 영감님의 손은 허공을 향해 들려 있습니다. 링거 줄이 그의 손등에 무사히 꽂혀 있는 것을 확인하고서야 격하게 뛰던 심장이 겨우 진정됩니다.

나는 두 손을 내밀어 황 영감님의 손을 잡습니다. 경기하듯 떠는 손을 내 입으로 가져옵니다. 손가락들 하나하나에 메마른 내 입을 맞춥니다.

"버렸다고 생각하지 않을 거예요."

"부산역에서 잃어버렸다는 조카 말이에요……."

"겨우 여섯 살이었다지만 자신이 버려진 게 아니라는 걸 알았을 거예요."

"버려진 게 아니라는 걸……."

　　　　　　　　　*

　땅딸막하고 머리가 벗어진 사내가 링거대를 끌고 복도 끝에서 끝까지 걸어갔다 걸어오기를 반복합니다.

　당신 발을 주무르다 말고 나는 창으로 다가갑니다. 끈으로 묶은 머리를 풀어 어깨 위로 늘어뜨립니다. 경주에 내려올 때만 해도 단발이던 머리카락은 어깻죽지를 덮도록 길었습니다. 며칠 전에는 거울을 들여다보다 흰 머리카락이 제법 눈에 띄어 놀랐습니다. 반쯤 열어둔 창으로 들이치는 바람에 내 머리카락이 날립니다. 찌르는 듯한 오후 빛 때문에 눈을 제대로 뜰 수가 없습니다.

　의식 못하는 새 내 손이 블라우스 단추를 풀고 있습니다.

　"왜, 답답해?"

　나는 놀라 뒤돌아봅니다. 정옥 아주머니입니다.

　"답답하기도 할 거야. 환자인 나도 답답해 죽겠는데, 송장이나 마찬가지인 사람을 간호하려니 오죽하겠어."

　"무슨 그런 말씀을……."

내가 정색하자 그녀가 당신을 흘끔 살피며 중얼거립니다.

"내가 틀린 말을 한 것도 아닌데 뭘 그래."

침대로 올라가 눕는 그녀를 향해 나는 경고하듯 또박또박 말합니다.

"다 듣고 있단 말이에요."

"……그래?"

정옥 아주머니가 침대에 누우려다 말고 도로 몸을 일으킵니다.

"그럼 내가 전에 한 말도 들었겠네?"

"무슨 말을 했는데요?"

"그게……."

그녀가 말끝을 흐리고 생각에 잠깁니다.

"무슨 말을 했는데요?"

"별말 아니었어……."

그녀는 침대에 누워버립니다. 내가 더는 묻지 못하도록 내게 등을 보이고 돌아눕습니다.

나는 창을 향해 돌아섭니다. 풀어 헤친 블라우스 단추를 도로 채웁니다.

"다 느끼고 있단 말이에요…… 전부 다……."

나는 구멍 속으로 밀어 넣던 블라우스 단추를 잡아당깁니다. 단추가 뜯겨 바닥으로 떨어집니다. 단추는 침대 밑으로 도르르 굴러갑니다.

"계절이 바뀌는 것도……."

*

아아, 노인을 보았습니다. 노서동 능들 앞 잔디밭에서요. 군훈련소 입소를 앞둔 청년처럼 머리를 바짝 잘랐지만 병원 재활실에서 걸음마를 익히던 그 노인이 틀림없습니다. 환자복을 벗고, 마 소재 느낌의 회색 셔츠에 갈색 면바지를 입은 노인은 나이보다 10년은 젊어 보였습니다.

노인은 혼자 걸음마를 익히고 있었습니다.

제초를 해 융단처럼 부드러운 잔디밭이 아니라 사납게 일렁이는 물 위를 걷는 듯 노인은 한 발짝 한 발짝 조심스럽게 내디뎠습니다.

반가운 마음에 노인에게 다가가던 나는 멈칫 서버렸습니다.

노인을 놀라게 하고 싶지 않았습니다.

　노인이 오른발을 들어 올리다 말고 고개를 들었습니다. 세상에 처음 나온 사람처럼 사방을 둘러보았습니다.

　문득 내가 세상을 한 번도 본 적 없다는 생각이 들었습니다.

　당신은 세상을 본 적이 있나요?

복
숭
아

거울이 빛을 반사하듯 당신은 나를 거부합니다.

갈아입히려 간호사실에서 가져온 새 환자복은 당신 발치에 뜯지 않은 소포처럼 놓여 있습니다.

열 수 없는 창이 당신과 나 사이에 가로놓여 흐르는 것 같습니다. 흘러도 흘러도 한자리에 머물러 있는 호수처럼.

내가 떠나기를 바라나요?

떠나요?

내가 떠나기를……

그렇지만 당신이 날 떠나는 건 불가능해요.

어째서요?

당신은 아직 내게 오지 않았으니까요. 아직 오지도 않았는데 어떻게 떠나겠어요.

당신은 여전히 나를 거부합니다. 나는 당신을 떠나지 못합니다. 당신 말대로라면 나는 아직 당신에게 당도하지조차 못했으므로.

*

나는 당신 옆에 서 있습니다. 내 그림자가 식탁보에 찍힌 다리미 자국처럼 당신 위로 번집니다.

당신은 내내 눈을 감고 있습니다.

당신은, 당신으로 살고 있나요?

당신과 나 사이에 있었으면 하는 것들을 적어보았습니다. 정옥 아주머니가 버린, 바퀴벌레보다 징그럽다는 약봉지에.

둥근 나무 식탁, 눈 내린 전나무 숲 그림이 그려진 엽서, 붉은 털실 뭉치, 주사위 모양의 성냥갑, 반쯤 타다 만 흰 초, 붉은 사과 한 알, 연두색 손잡이가 달린 과도, 식빵 두 조각이 담긴 흰 접시, 노란 연필, 에밀리 디킨슨의 시집, 앞다리를 십자로 모으고 졸고 있는 누런 개…….

당신에게 들려주고 싶은 이야기가 싶습니다.

소읍이라고 할 수 있는 작은 마을에 어떤 여자가 살았습니다. 마당 빨랫줄에서 마른 옷가지들을 걷던 여자가 문득 고개를 들어 울타리 너머를 응시합니다. 누군가 자신을 부르는 소리를 듣기라도 한 듯. 마당을 가로질러 대문을 나서더니 집을 등지고 걷기 시작합니다. 학교를 지나고, 마을 집들을 지나고, 채소가게를 지나고, 정육점을 지나고, 방앗간을 지나고, 성냥 공장을 지나 여자는 계속 걸어갑니다. 여자가 집을 등지고 어딘가를 향해 걸어가는 동안 여자의 남편이 집에 돌아옵니다. 남자는 빨랫줄에서 그네를 타듯 흔들리는 옷가지들을 지나 집 안으로 들어갑니다. 아내를 찾는 듯 집 안을 둘러보던 남자는 부엌으로 걸어갑니다. 식탁 위를 살피다 가스레인지로 걸어갑니다. 남자가 냄비 뚜껑을 열고 그 안을 들여다보는 동안에도 여자는 계속 걸어갑니다. 갈대밭을 지나고, 허물어진 집을 지나고, 고철 더미를 지나고, 닭 농장을 지나 여자는 계속 걸어갑니다. 두 발이 닳아 없어질 때까지 계속 걸어갈 것 같던 여자가 마침내 멈추어 섭니다. 구부정히 허리를 수그리고 자신의 발을 내려다봅니다. 여자의 두 발은 책갈피를 넘기듯 밀려드는 파도의 포말 속에 있습니다. 여자는 바다에 닿기 위해 그렇게 계속 걸었던 걸까요. 아니면 바다에 가로막혀 더는 걷지 못하는 걸까요. 여자의 표정을 보고 싶지만 어스름이 여자의 얼굴을 삼켜버려 표정을 읽을 수 없습니다.

*

병원 뒤뜰에서 참새가 초록빛 애벌레를 부리로 쪼아 먹는

광경을 우연히 목격했습니다. 참새는 애벌레를 통째로 삼키지 않고 부리로 콕콕 쪼아 먹었습니다. 참새 부리가 쪼는 것이 애벌레가 아니라 내 살인 듯 소름이 끼쳤습니다.

참새가 쪼아 먹는 것이 애벌레가 아니라 초록빛이라고, 나는 스스로에게 주문을 외우듯 중얼거렸습니다. 초록빛 깃털을 갖고 싶어 초록빛을 쪼아 먹고 있는 거라고요. 참새 부리에 애벌레의 살점이 찢길 때마다 초록빛이 사방으로 튀었습니다.

낙엽 속으로 숨어들던 새끼 참새의 모습이, 애벌레를 쪼아 먹는 참새의 모습에 겹쳐 떠올랐습니다.

참새가 날아가고, 나는 참새가 애벌레를 쪼아 먹던 자리를 가만히 손으로 짚어보았습니다.

삶이라는 말이 내 입에서 저절로 중얼거려졌습니다. 참새의 삶이라는 말이요.

*

오늘은 온종일 말린 무화과처럼 얼굴이 폭삭 쪼그라든 남편이 나를 찾아올 것만 같은 기분에 휩싸여 살았습니다. 나를 집으로 데려가기 위해서요. 오래전 내가 떠나온 집으로요.

*

단내가 맡아지나요. 잘 익은 복숭아의 단내입니다. 병원 앞 슈퍼에 치약을 사러 갔다 복숭아를 팔기에 세 알을 사왔습니다.

내 어머니는 여름 끝 무렵마다 벌레 먹고 멍이 들어 떨이로 파는 복숭아를 한 상자 사다 양은 들통에 넣고 넥타를 만들었습니다. 양은 들통에서 설탕과 함께 씨를 제거한 복숭아가 무르익는 냄새는 멀미가 날 만큼 다디달았습니다. 어머니는 복숭아 넥타를 유리병에 넣어 저장해두고 귀한 손님이 오면 대접했습니다. 자식들이 아프거나 해도 꺼내어 먹였는데, 신기하게도 그것을 먹고 나면 낫고는 했습니다.

당신 입술은 어떤 언어도 배운 적 없는 입술 같습니다.

아기에게 말을 가르치고 있는 엄마를 보았습니다. 아이의 얼굴에 대고 입술을 과장되게 벌리고 오므리고 내밀며.

입술에 뼈가 있었다면 세상의 언어들은 지금과 달라졌을까요. 혀에 가시 같은 뼈가 있었다면.

당신 입으로 복숭아를 가져갑니다.

껍질을 벗긴 복숭아 표면에 맺힌 과즙이 당신 혀에 떨어지는 순간 나는 몸서리칩니다. 연한 갈색 빛깔의 끈적끈적한 과즙이 당신 혀가 아니라 내 혀에 떨어지기라도 한 듯.

당신 입술에 경련이 일더니 다물립니다.

토란대가 기울듯 내 몸이 당신을 향해 기울어집니다.

나는 나로부터 버려진 게 아닌지도 모르겠어요.

…….

나는 나를 잃어버린 것인지도.

…….

나는 나를 어디에서 잃어버렸을까요.

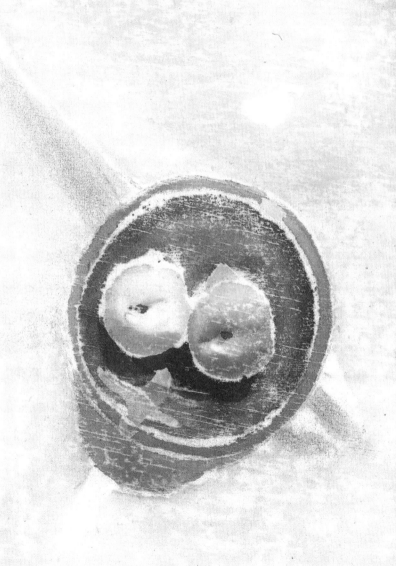

당신 입술에 내 입술이 포개집니다. 당신 입술은 뜨겁고, 내 입술은 조금 더 뜨겁습니다. 두 입술 다 메말라 있습니다.

내 입술이 벙긋이 벌어집니다.

내 혀가 당신의 입술을 벌리고 싶어 안달합니다. 조심스럽게, 그러나 집요하게 풀을 발라 붙여놓은 듯 고집스레 다물린 입술을 벌리고, 벌리려.

누굴까요.

내 몸이 당신을 향해 기울어질 때까지도 꼭 닫혀 있던 문이 두 뼘가량 열려 있습니다. 나는 뚜벅뚜벅 발소리를 내며 문으로 걸어갑니다. 고개를 내밀고 복도를 내다봅니다.

복도는 버려진 필통 속처럼 텅 비어 있습니다.

*

그 모든 나는 '나'를 잃어버린 곳에서 발생하는 게 아닐까요.

그런데 나는 나를 어디서 잃어버렸을까요.

  정신을 차리고 사방을 둘러보는 내 시야에 능들이 들어옵니다. 나는 기지개를 켜듯 어깨를 비틀다 잔디밭으로 휘적휘적 걸어 들어갑니다.

  노인을 향해 곧장 걸어갑니다.

  노인을 지나쳐 능을 향해 걸어가던 나는 한순간 무너지듯 주저앉습니다. 두 팔을 십자로 벌리고 잔디밭 위에 납작 엎드립니다.

  이렇게 세상 만물 앞에 엎드리고 싶었습니다.

  세상 모든 존재 앞에 자복하듯 나라는 존재를 놓아버리고 싶었습니다.

  펄럭펄럭 날리던 치마가 항아리처럼 부풀어 오릅니다. 나는 시야를 능까지 길게 뻗었다 끌어당깁니다.

  잔디밭이 연극 무대 같습니다. 내가 발작을 일으키며 쓰러진 무대 말이에요.

  육이오 때 산골 마을에서 벌어진 집단 학살을 소재로 한 시대극이었습니다. 우연한 기회에 집단 학살을 다룬 증언집을 읽은 정 선생님은 그것을 소재로 희곡을 썼고, 홍 선생님은 그 희곡을 무대에 올렸습니다. 홍 선생님으로부터 연락을 받고 기쁘면서도 망설여진 데는 몇 가지 이유가 있었습니다. 집단 학살이라는 소재가 너무 버거웠던 데다, 10년 만에 연극판으로 돌아온 홍 선생님의 복귀 작품이었습니다. 결코 비중 있는 역할이 아닌데도 홍 선생님이 직접 전화를 준 것이 부담스럽기도 했습니다. 내가 알던 그는 그렇게 배려 깊은 분이 아니었습니다. 재능이 없다고 판단되거나 불성실한 신인 배우들에게 가차 없이 다른 직업을 찾아보라고 독설을 퍼붓는 분이었습니다. 10년도 더 전 술자리에서 그가 술에 취해 내게 했던 말을 나는 기억하고 있습니다. 술을 꽤 마셔 동공이 풀려 있었지만 홍 선생님은 내 얼굴을 쏘아보며 말했습니다. "한선희 씨는 자신이 배우라고 생각해요?" 주사가 있다지만, 그것은 해서는 안 되는 질문이었습니다. 굳게 입을 다물고 있는 나를 대신해 홍 선생님에게 화를 낸 사람은 정 선생님이었습니다. 며칠 뒤 홍 선생님이 정중히 사과를 하기는 했지만, 그때 내가 받은 상처는 치유되지 않았습니다. 그를 향한 원망과 분노가 실은 나 자신을 향한 것이었음을 깨달은 것은 그가 쓰러지고 나서였습니다. 술과 담배, 과도한 스트레스 탓이었을까요. 쉰다섯 살 되던 해 뇌경색으로 쓰러진 그는 일어나지 못하고 연극판을 10년 넘게 떠나 있었습니다. 그가 고향인 전북 무주에 내려가 요양하는 동안 연극판은 달라져 있었습니다. 뇌경색으로 쓰러져 아산병원에 입원했다는 소식을 전해 듣고 정 선생님과 함께 병문안 갔을 때 그는 자신의 이름조차 기억 못하는 절망적인 상태였습니다.

"선생님, 제가 임신부 역할을 하기에는 나이가 많아서요 ……."

변명이 구차하다는 것을 알면서도 나는 그렇게 말했습니다.

"한선희 씨, 우리 어머니가 나를 몇 살에 낳으셨는지 알아요?"

"……?"

"마흔아홉 살에 낳으셨어요."

사실 그때 나는 어떤 역할이든 거절할 입장이 아니었습니다. 무대를 그토록 원하면서도 대사 한 마디 없는 역할이라도 좋으니 무대 위에 서고 싶다는 갈망이 어느 때보다 크던 때였으니까요.

홍 선생님은 1년여 동안 연극을 준비했습니다. 대극장에서 올리는 대작인 데다, 사실주의 연극의 대가로 불리던 그가 10년 만에 연출한 복귀 작품이라는 사실만으로도 연극계뿐 아니라 언론의 관심을 모았습니다. 제작발표회를 앞두고 모 신문과 한 인터뷰에서 그는 출연하는 모든 배우가 주연이자 조연이라는 말을 했습니다. 출연진이 무려 52명으로, 나는 52명 중 하나였지만 홀로 무대에 올라야 하는 배우처럼 공포감에 시달렸습니다.

마침내 나는 만삭의 임신부로 분장하고 무대 위로 걸어 나갔습니다.

물푸레나무 숲으로 꾸며진 무대에는 남자 시신들이 교교한 달빛을 받으며 널려 있습니다. 먼 듯 가까이서 들려오는 소쩍새 울음소리와 함께 무대에 등장한 여자들이 남편을 찾으려 시신들을 헤집고 다닙니다. 머리를 풀어 헤친 여자가 피범벅인 남자를 끌어안고 짐승처럼 울부짖고 마침내 여자5로 분장한 내가 대사를 할 타이밍이었습니다. 혀에 문신처럼 새겨지도록 외우고 외운 단 한 줄의 대사가 전혀 떠오르지 않았습니다. 대사를 기억해내야 한다는 압박감에 숨이 쉬어지지 않았습니다.

정신을 차렸을 때 나는 분장실 소파에 누워 있었습니다. 무대에 오를 때 만삭이던 배는 바람 빠진 풍선처럼 허무하게 꺼져 있었습니다.

'아기가 나오려고 해요!'

그것이 내가 까맣게 잊은 단 한 줄의 대사였습니다.

사람들이 수군거리는 소리가 내 머리 위에서 들려옵니다.

"잠들었나 봐."

"죽은 거 아니야?"

"눈을 뜨고 있잖아."

"꼭 죽은 거 같아."

"속옷이 다 보이네."

"경찰에 신고해야 하나?"

"미친 여자일지 모르잖아."

"우는 것 같아."

"어서 가자!"

"어디로 가는 거야?"

"대릉원 들렀다 저녁 먹으러 가야지."

개미가 기어가는지 오른쪽 종아리가 간지럽습니다. 파도가 바닥을 찰싹찰싹 때리며 밀려드는 것 같습니다. 집을 등지고 걷고 걸어 바다에 이른 여자는 어떻게 되었을까요.

참을 수 없이 잠이 몰려오며 눈이 저절로 감깁니다.

"일어나!"

구령 같은 소리가 들려옵니다. 꿈속에서 들려오는 소리인 줄 알았는데 아닙니다. 나는 몸이 납덩이처럼 굳는 것 같은 한기를 느끼며 두 눈을 찢듯 벌립니다. 깜박 잠들었던 걸까요. 흐릿한 시야가 선명해지며 흰 운동화를 신은 발이 들어옵니다.

내가 손을 뻗으면 닿을 수 있는 곳에 흰 운동화를 신은 두 발이 십자로 벌리고 서 있습니다. 못으로 박아 고정시킨 듯 꿈쩍도 하지 않는.

저 커다란 발이 누구의 발일까 의아해하고 있는데, 구령 같은 소리가 또다시 들려옵니다.

"일어나!"

고개를 쳐들고 바라보니 노인이 해를 등지고 서서 나를 내려다보고 있습니다.

"일어나!"

거역할 수 없는 명령처럼 들려 나는 몸을 일으킵니다. 교복을 입은 소녀들이 나를 흘끔흘끔 쳐다보며 지나갑니다.

노인이 매서운 눈빛으로 나를 쏘아봅니다.

"깜박 잠이……"

목소리가 너무 떨려 나와 나는 말을 끝까지 잇지 못합니다. 자신이 할 대사를 다 한 듯 노인의 입은 고집스럽게 다물려 있습니다.

"잠이 드는 줄도 모르고…… 햇볕이 너무 따뜻해서…… 실은 어르신을 알고 있습니다. 어르신은 저를 모르겠지만 저는 어르신을……"

횡설수설하던 나를 외면하듯 노인이 돌아섭니다.

잔디밭을 나와 쫓기는 사람처럼 정신없이 걸어가던 나는 병원 정문에 도착해서야 노인이 안간힘을 다해 내게 이르렀다는 걸 깨닫습니다. 잔디밭 위에 엎드려 죽은 듯이 잠들어버린 낯선 여자를 깨우기 위해서요.

몇 발짝 만에 노인은 내게 이르렀을까요.

노인이 아니었으면 내가 여전히 영원히 깨어나지 못했을지도 모른다는 공포감에 나는 뒤미처 어깨를 떱니다.

일어나라는 노인의 간절한 명령이 아니었으면 영원히요.

*

병실로 들어서던 나는 간호사를 보고 멈칫 서버립니다. 당신 얼굴에 산소호흡기가 대져 있습니다.

침대 옆 녹색 산소통에 내 눈길이 갑니다.

병실 안에 긴장감이 감돕니다. 정옥 아주머니가 내게 눈을 찡긋해 보이며 그 어떤 사인을 보내옵니다. 사인의 의미를 알지 못하는 나는 간호사와 정옥 아주머니를 번갈아 바라보며 묻습니다.

"무슨 일이에요?"

간호사가 질책하는 눈빛으로 나를 쳐다봅니다.

"이제 나타나면 어떡해요?"

내가 자리를 비운 동안 당신이 호흡곤란을 동반한 발작을 일으켰다는 간호사의 말에 나는 반문합니다.

"발작을요?"

믿어지지 않아 되묻는 내게 간호사가 추궁하듯 묻습니다.

"뭘 먹였어요?"

"……"

"병원에서 나오는 유동식 말고 뭘 먹이신 거예요?"

"왜요?"

"두드러기 반응이 있어서요."

"두드러기요?"

간호사의 말이 믿어지지 않아 나는 당신의 몸을 살핍니다. 당신의 목에 울긋불긋한 점이 번져 있습니다. 팔에도 팔꿈치 안쪽을 중심으로 울긋불긋한 점이 물감 칠을 한 듯.

"대체 뭘 먹인 거예요?"

"특별히……"

고개를 흔들던 나는 복숭아가 떠올라 말끝을 흐립니다. 그러나 나는 복숭아 과즙을 서너 방울 당신의 혀로 떨어뜨려주었을 뿐입니다.

"복숭아 과즙을 몇 방울……."

"복숭아요?"

"……."

"복숭아 알레르기라도 있으면 어쩌려고!"

간호사가 내게 몇 가지 주의를 주고 병실을 나가자마자 정옥 아주머니가 기다렸다는 듯 말합니다.

"티브이를 보고 있는데 갑자기 발작을 하지 뭐야. 처음에는 발작인 줄 모르고 깨어나는 줄 알았지. 식물인간이 기적적으로 깨어나기도 한다더니 기적이 일어나는가 보다…… 그래서 간호사실로 급하게 달려가 간호사를 불러왔지. 의사가 오고 난리도 아니었어. 내가 그때 마침 병실에 있었기에 망정이지, 나까지 없었으면 어쩔 뻔했어. 대체 어딜 갔던 거야?"

"바람을 쐬러요……."

나는 간신히 중얼거리고 의자로 가 철퍼덕 주저앉습니다. 치마에 묻은 잔디가 눈에 들어옵니다. 나는 잔디를 손으로 집어 바닥으로 떨어뜨립니다.

나를 매섭게 쏘아보던 노인의 눈빛이 떠올라 나도 모르게 고개를 가로젓습니다.

침대 옆 녹색 산소통에 원망스러운 눈길을 던지던 나는 자세를 바로하고 당신을 바라봅니다.

"몰랐어요."

당신은 아무 말이 없습니다.

"복숭아 알레르기가 있을 줄은……."

그런데 복숭아 과즙 방울이 혀에 떨어지는 순간, 당신의 얼굴에 황홀해하는 표정이 번지지 않았던가요.

밤 9시가 조금 지난 시간, 당신 남편이 불쑥 병실로 들어섭니다. 오후 5시쯤, 나는 그의 휴대전화로 문자 메시지를 두 통 보냈습니다. 내가 당신에게 복숭아 과즙을 먹였고, 그것 때문에 발작과 함께 두드러기 반응이 있었다는 것을 알리기 위해서였습니다. 내 문자를 받자마자 역으로 향한 걸까요. 케이티엑스가 개통된 뒤로 서울에서 경주까지 두 시간밖에 걸리지 않는다지만, 열차 시간과 역까지 이동하는 거리를 고려하면 문자를 받자마자 서두른 것이 분명합니다. 아니면 차를 운전해 경주까지 내려온 걸까요. 내가 보낸 문자에 대한 별다른 회신이 없어서 나는 그가 주말에나 다녀갈 줄 알았습니다.

산소호흡기를 하고 누워 있는 당신이 낯선 걸까요. 그는 당신 가까이 다가가지 못하고 멀찍이 떨어져 서서 당신을 바라보기만 합니다. 모르는 사람이 보면 당신에게 몹시 화가 나 있는 것처럼 보일 정도로 얼굴이 굳어 있습니다. 신경 쓰이는 일이라도 있는 걸까요. 한 달 전쯤 다녀갔을 때보다 흰 머리카락이 눈에 띄게 늘고 허기져 보입니다. 낯빛도 그늘이 져 어두운 게…….

당신에게 화가 난 것인지, 내게 화가 난 것인지 모르겠어서 나는 절절매는 심정이 됩니다. 어쩌면 스스로에게 화가 난 것인지도 모르겠습니다.

"죄송합니다……."

내 목소리가 모기 소리처럼 작아 들리지 않는 걸까요. 내가 힘들게 꺼낸 말에 그는 아무 대꾸가 없습니다.

그가 외면하듯 당신으로부터 돌아서더니 병실을 나갑니다. 복도를 걸어가는 그의 발소리가 멀어지는 것을 들으며 나는 당신 앞에 부동자세로 서 있습니다. 어째서인지 그가 이대로 가버리면 다시는 오지 않을 것 같습니다.

멀어지던 발소리가 더는 들려오지 않습니다. 그대로 가버린 걸까요. 그는 단지 당신이 어떤 상태인지 눈으로 확인하려 경주까지 내려온 걸까요.

당신 눈은 감겨 있습니다.

나는 당신을 향해 허리를 구부립니다. 당신 귀를 덮고 있는 머리카락들을 들추고 속삭입니다.

"다시 올 거예요."

나는 허리를 펴고 당신으로부터 돌아섭니다. 창문에 담겨 떠오른 병실 안 풍경을 바라봅니다. 풍경은 차갑고 몽상적입니다. 저 여자, 창 너머 저 여자는 누굴까요. 누군데 나를 저리도 빤히 응시하고 서 있는 걸까요. 나는 창으로 바짝 다가섭니다. 여자를 향해 손을 뻗습니다. 창유리라는 물질 안에서 여자와 내 손이 만납니다.

그가 다시 병실에 나타난 것은 이십 분쯤 지나서입니다. 그는 당신 앞에 놓아둔 의자로 가서 앉습니다.

나는 냉장고로 가 당근주스를 한 병 꺼내옵니다. 며칠 전 정옥 아주머니가 나누어준 당근주스를 먹지 않고 냉장고에 넣어두었습니다. 당근주스 병을 받아들며 그가 조심스럽게 물어옵니다.

"자리를 자주 비운다고 하던데……?"

누구로부터 들었을까요. 나를 지켜보는 눈들이 있다는 걸 미처 몰랐습니다. 당혹스럽지만 불쾌하지는 않습니다. 요 며칠 노인을 보기 위해 날마다 노서동 고분 공원으로 산책을 다녀 오느라 부쩍 자리를 비운 게 사실이니까요. 오늘은 더구나 반 나절 가까이 자리를 비웠으니.

"몰랐어요. 복숭아 알레르기가 있는 줄은……."

"실은 저도 몰랐습니다."

"죄송합니다."

문득 남편인 그가 당신의 몸에 대해 얼마나 알고 있는지 궁 금해집니다. 아이까지 낳았다지만 그 역시 나만큼이나 당신의 몸에 대해 모르는 게 아닐까 하는 생각이 드는 게. 더구나 당 신이 11년째 병실 침대를 떠나지 못하고 있으니 말이에요.

"토요일 아침이었습니다. 겨울방학이라 아이들을 서울 큰형 집에 보내고 집에는 아내와 나, 그렇게 둘뿐이었습니다……."

내게 하는 말일까요. 나는 그의 굽은 등을 조용히 응시합니다.

"아침 먹은 설거지를 마치고 개수대에서 돌아서던 아내

가 비명을 지르더니 아무것도 보이지 않는다고 했습니다. 겁에 질린 목소리로 아무것도 보이지 않는다고요. 농담인 줄 알았습니다. 아니면 일시적인 현기증 증상이거나, 둘 중 하나인 줄…… 그런데 며칠 뒤, 퇴근해 돌아온 내게 아내가 그러더군요. 낮에 이상한 경험을 했다고요. 손이 자신의 몸을 떠나 물고기처럼 공중을 떠다녔다고요. 커피를 마시려는데 손이 번번이 찻잔 손잡이를 벗어나 허방을 짚었다고."

"……."

"그 모든 게 전조 증상이었던 것입니다."

"……."

"그러니까 신호가 없었던 것이 아닙니다. 신호가 몇 차례 있었지만, 그 신호들을 내가 귀담아듣지 않았던 것입니다. 쓰러지던 날 아침에는 아내가 아스피린 먹는 걸 보았습니다. 빈속에 아스피린을 먹는 게 신경 쓰였지만 물어보지 않았습니다."

막간 같은 침묵이 흐릅니다.

"제게 여자가 있습니다……."

"……."

"작년에 여자를 만났습니다."

"……"

"아내가 이해해줄까요?"

"……"

"아내가 이해해주기를 바라는 게 욕심일까요?"

무심결 내 손이 그의 어깨에 가 닿습니다. 그가 흠칫 어깨를 움츠립니다. 나는 손을 거두는 대신에 그의 어깨를 조심스럽게 어루만집니다. 그는 내 손을 뿌리치거나 하지 않습니다.

나도, 그도 알고 있습니다. 당신 영혼이 내 손을 빌려 그의 어깨를 어루만지고 있는 것이라는 걸요.

그가 몸을 일으킵니다.

"가시려고요?"

"출근해야 해서요."

병실 벽에 걸린 시계를 보니 11시입니다.

"이 시간에도 열차가 있나요?"

"차를 가지고 내려왔습니다."

당신이라면 보내지 않겠지요. 당신의 간병인일 뿐인 내게는 그러나 그럴 권리도, 의무도 없습니다.

그가 가고 난 뒤에야 정 선생님이 해주었던 이야기가 떠오릅니다. 크게 교통사고를 당한 친구가 있는데, 그 후유증으로 체질이 바뀌었다고 했습니다. 자신의 몸이 아닌 것 같은 생각이 들 만큼 바뀐 체질 때문에 꽤나 고생을 했다고요. 어떤 여자들의 경우 출산 후 체질이 변하기도 한다지요.

그렇다면 당신에게 복숭아 알레르기가 있다는 걸 그가 몰랐던 게 아니라 당신의 체질이 변한 게 아닐까요. 복숭아에 알레르기 반응을 보이는 체질로요. 체질이 변한 걸 당신 자신조차 몰랐던 게 아닐까요. 식물과 마찬가지로 당신의 몸은 한 자리에 머물러 있지만 살아 변화 속에 있으니까요.

*

새벽 3시경, 나는 당신이 묻는 소리를 듣고 깨어납니다.

지난밤 누가 다녀갔나요?

아니요. 아무도.

그런데 왜 누가 다녀간 것만 같을까요?

나는 흔들리는 나뭇가지를 보면 새가 날아들었다 날아간 것 같은 기분이 들어요. 새가 나뭇가지로 날아드는 것도, 날아가는 것도 보지 못했는데…….

지난밤 당신 남편이 다녀갔다고 나는 당신에게 사실대로 말하지 못합니다. 그가 내게, 그러나 실은 당신에게 한 고백을 당신이 들었을까 봐서요.

그의 고백처럼, 어떤 고백은 선율 없이 부르는 노래처럼 들립니다.

하
루

당신 발이 무섭게 부어오릅니다. 부어, 달 위를 걷듯 붕 떠 있는 것 같은 당신 발이 오줌빛을 띠어갑니다.

나는 당신 발치에 의자를 끌어다 놓고 앉아 당신 발을 마사지합니다. 발가락들을 하나하나 주무르고 발바닥을 가운뎃손가락으로 꾹꾹 눌러줍니다.

발작과 두드러기를 일으킨 뒤로 당신은 생체리듬을 좀처럼 회복하지 못하고 있습니다. 호흡이 고르지 않아 산소호흡기에 의지해 숨을 쉬고 있습니다.

오전 11시쯤 간호사가 병실에 들러 당신의 체온과 혈압을 체크합니다. 병실을 떠나며 간호사는 내게 당신이 언제 또 발작을 일으킬지 모른다고 주의를 줍니다.

병실을 떠나지 못하던 나는 오후 4시가 지나서야 병원 지하에 있는 편의점에 다녀옵니다. 삼각김밥으로 첫 식사를 합니다. 입가로 흘러내리는 밥알들을 손가락으로 쓸어 입안으로 밀어 넣습니다.

입속에서 낱낱으로 겉도는 밥알들을 씹다 말고 나는 당신에게 묻습니다.

노인은 오늘도 노서동 능들 앞에 펼쳐진 잔디밭에서 걸음마를 익히고 있을까요.

지금 당장 깨어난다면 당신은 무엇부터 연습해야 할까요.

허기가 집니다. 식빵을 세 장이나 먹었는데도 허기가 달래지지 않습니다. 허기는 영혼의 목 쉼이기도 하기 때문일까요.

*

여전히 산소호흡기를 하고 침대에 누워 있는 당신 앞에 빈 의자가 놓여 있습니다.

나는 빈 의자로부터 두 발짝 떨어진 곳에 기둥처럼 버티고

서 있습니다.

빈 의자가 자가 증식하듯 하나씩 늘어나는 환영이 내 눈앞에 펼쳐집니다. 빈 의자는 계속 늘어나, 얼추 백 개에 달하는 빈 의자가 당신 앞에 놓여 있습니다.

더 늦기 전에 고백해야겠습니다. 나는 당신이 두렵습니다. 십 초 뒤에 올라야 하는 무대만큼이나요.

십 초 뒤에 올라야 하는 무대를 바라보며, 무대가 죽은 새들이 널린 해변 같다는 생각을 한 적이 있습니다.

어째서 무대였을까요.

나는 어째서 무대를 그토록 두려워하면서 그토록 욕망했던 걸까요.

*

창밖에서 아른거리는 것이 있어서 내다보았더니 잠자리가 '도'와 '파' 사이를 오가듯 상승과 하강을 반복하며 날고 있습니다.

일층 로비에서 임신을 해 배가 부른 여자를 보았습니다. 긴 생머리를 모아 묶고 살구색 원피스를 입은 모습이 내 눈길을 사로잡았습니다.

세상 모든 아기들은 엄마보다 먼저 이 세상에 태어나는 존재가 아닐까 하는 생각이 들었습니다.

먼저 태어나, 몇 시에 올지 모르는 엄마를 기다리며 머리카락과 이가 전부 빠지도록 늙어가는 존재가 아닐까 하는.

자궁의 밝기는 어느 정도일까요.

빛이 자궁에도 존재할까요.

'밖에 빛이 조금이라도 남았을 때 떠나거라.'

나는 그 문장을 어디서 읽었을까요.

*

간호사가 당신 입에서 산소호흡기를 거두는 것을 나는 조용히 지켜봅니다. 남자 간호보조원이 들어오더니 산소통을 이

동식 수레에 싣고 병실을 나갑니다.

당신은 체온도 혈압도 정상입니다.

이렇게 당신의 머리를 빗기는 것이 얼마 만인지 모르겠습니다.

당신 남편으로부터 부재중 전화가 와 있습니다. 무슨 일일까 궁금하지만, 다시 전화를 걸어올 때까지 기다리기로 합니다. 혹시나 그로부터 걸려온 전화를 받지 못할까 봐 나는 휴대전화 진동 모드를 벨 모드로 바꾸어놓습니다.

밤 9시가 넘어서야 당신 남편은 다시 전화를 걸어옵니다.

"아내를 요양병원에 보내기로 했습니다."

"……요양병원이요?"

"마침 아내를 받아주겠다는 요양병원이 있어서요…… 다음 주 수요일에 요양병원에서 구급차를 보내오기로 했습니다."

뜻밖의 통보에 당황한 나는 말을 잇지 못하고 휴대전화만 귀에 꼭 붙이고 있습니다. 문득 그가 어디서 전화를 걸어오는 것인지 궁금합니다. 오 초 정도 침묵이 흐르는 동안 그 어떤 잡음도 들려오지 않습니다. 그가 음소거 된 티브이 속에 들어

가 전화를 걸고 있는 게 아닐까 하는 황당한 의심이 들 정도
로요.

"미리 말씀드리지 못해 죄송합니다…… 급하게 내린 결정이
라 저도 혼란스럽습니다. 쉽지 않았지만, 결정을 내려야 했습
니다. 병원에서도 아내를 부담스러워하고, 제가 자주 들여다
볼 수 있는 입장도 아니어서요……."

"그럼 저는……."

"수요일까지 아내를 돌봐주시면 될 것 같습니다…… 그럼
수요일에 뵙겠습니다."

전화 통화를 마친 뒤 가장 먼저 든 생각은 내게 아무 결정
권이 없다는 것입니다.

당신을 요양병원에 보내기로 한 것이 그의 일방적인 결정 같
지는 않습니다. 당신 여동생과 상의해 내린 결정이 아닐까요.
그렇잖아도 그녀가 다녀간 뒤로 내내 심란했습니다. 조만간 무
슨 변화가 있을 것 같은 게. 그가 다시 전화를 걸어올 때까지
기다린 것은 그 때문입니다.

다음 주 수요일이면 일주일도 남지 않았습니다. 오늘이 벌
써 목요일이니까요.

당신을 요양병원으로 보내기로 했다는 소식을 나는 당신에게 전하지 않습니다. 당신이 앞으로 지내게 될 요양병원이 어디에 있는지조차 나는 모릅니다.

사형선고라도 받은 것처럼 마음이 심란합니다. 지상에서 살 날수를 헤아리는 심정으로 당신과 함께 보낼 날을 헤아려봅니다.

*

당신과 헤어지기 위해서는 내게 시간이 필요합니다.

석류가 익어 자줏빛 알알을 드러내며 벌어지는 데 드는 만큼의 시간이요.

나는 아직도 당신에게 가고 있는 중일까요?

나도 가고 있는 중이에요.

당신은 어디로 가고 있는 중인가요?

나도 나에게로.

나는 아직 당신에게 닿지도 않았는데, 그러므로 당신과 만나지도 않았는데 당신과 헤어져야 합니다.

당신과 헤어질 생각을 하니 두렵습니다. 샴쌍둥이가 분리될 때도 비슷한 공포에 시달릴까요.

당신과 나를 분리시키기 위한 수술대가 병원 어딘가에 마련되어 있을 것만 같습니다. 수술 날짜와 시간도 벌써 정해져 있고요.

수술대 위에 당신과 내가 나란히 누워 죽음 같은 잠 속으로 빠져드는 모습이 머릿속에 저절로 그려집니다. 녹색 수술복을 입은 사람들이 당신과 나를 둘러싸고 있습니다. 허공을 향하고 있던 당신 얼굴과 내 얼굴이 서로를 향합니다. 당신 눈이 나를 빤히 응시합니다. 당신 눈꺼풀과 내 눈꺼풀이 서로를 지우며 천천히 감깁니다.

식은땀이 흐르도록 공포감에 시달리던 나는 보조침대에서 몸을 일으킵니다. 벗어두었던 슬리퍼를 더듬더듬 찾아 신고 머리를 매만집니다.

휴대전화를 챙겨 들고 병실을 나섭니다. 간호사실을 지나 엘리베이터로 걸어갑니다.

'수술실'이라는 글자를 보고서야 나는 정신을 차리고 멈추어 섭니다. 글자에는 백색 불이 들어와 있습니다. 수술실 문은 닫혀 있습니다.

서늘한 정적이 흐르는 수술실에서 돌아서는데 오른발에 신긴 슬리퍼가 벗겨집니다. 슬리퍼로 내딛던 발을 나는 바닥에 내려놓습니다. 혼이 나갔던 걸까요. 슬리퍼를 짝짝이로 신은 줄도 몰랐습니다.

수술실이라는 글자를 노려보며 나는 휴대전화 버튼을 누릅니다.

"무슨 일인가요."

잔뜩 긴장한 목소리입니다.

"아내에게 무슨 일이라도 생겼나요?"

그가 갈라지는 목소리로 나를 다그칩니다.

"……보내지 마요."

"……?"

"그녀를 보내지 마요."

"……."

"아무 곳으로도요……."

"아무 곳으로도요?"

긴장이 풀린 그의 목소리가 한없이 낮게 꺼져듭니다.

"아무 곳으로도요……."

*

새벽 4시, 나는 휴대전화를 붙들고 매달립니다.

"그녀로부터 나를 떼어놓지 마요."

"그녀요?"

그의 목소리에 날이 서 있습니다.

"그녀요……."

전원이 나간 게 아닐까 싶을 만큼 깊은 침묵이 흐릅니다.

"어렵게 내린 결정입니다. 곤란하게 하지 않으셨으면 합니다."

그가 예의를 다하기 위해 애쓰는 것이 느껴집니다. 그는 무슨 말인가를 더 하려다 말고 전화를 끊습니다.

*

하루밖에 남지 않았습니다.

아무도 당신으로부터 나를 떼어놓을 수 없어요.

*

혈압을 재던 박 간호사가 지나가듯 당신에게 묻습니다.

"다른 데로 가신다면서요?"

"아직 모르고 있어요."

"네?"

박 간호사가 눈을 동그랗게 뜨고 안경 너머로 나를 바라봅
니다.

"아직 그녀에게 말해주지 않았거든요."

"그녀요?"

"그녀요……."

박 간호사는 그녀가 누군지 도무지 모르겠다는 표정입니다. 그녀가 누군지 굳이 알고 싶지 않은 듯 암홍색 립스틱을 칠한 입을 새초롬히 다뭅니다.

내일 이 시간쯤이면 나는 빈 침대 앞에 홀로 남겨져 있겠지요.

*

'하루는 누구도 살아보지 못한 그 어느 날.'
그 문장을 나는 어디서 읽었을까요.

창틀에서 죽어 있던 하루살이들을 손으로 쓸던 그 어느 해 여름이 떠오릅니다. 10년도 더 전으로, 울진 덕진해수욕장 근처 민박집에서였습니다. 해바라기 씨 같은 하루살이들을 쓰는 내 손은 떠오르는 해를 받아 불그스름했습니다.
나는 그 시간이 영원할 줄 알았습니다.

며칠째 내가 등장하지 않는 꿈을 꾸고 있습니다.

당신과 헤어지고 싶지 않습니다.
아직 당신과 만나지도 않았는데, 당신을 만난 적도 없는데.

빛

　당신은 눈을 뜨고 있습니다. 당신의 흰자위가 햇빛을 받은 눈송이처럼 하얗게 빛납니다.

　내가 보이나요?

　당신 입에서 토해지는 숨에서는 막걸리를 넣고 부풀린 밀가루 냄새가 납니다. 어릴 때 어머니는 막걸리로 밀가루를 반죽해 누런 빵을 만들어주고는 했습니다.

　아침 배식이 있기 전 나는 당신 머리를 감기고 몸을 닦입니다. 물 적신 가제 손수건으로 당신 얼굴을 세심하게 닦아줍니다.

어깻죽지를 덮도록 자란 머리카락을 땋아 어깨 위로 늘어뜨립니다.

베갯잇에 떨어진 머리카락들을 주우려 팔을 내밀다 당신 뺨에 내 뺨이 스치듯 닿습니다.

삐뚜름히 다물려 있던 당신 입이 벌어지더니 분절음들이 토해집니다. 분지에서 새 떼가 날아오르듯.

ㅆ ㅅ ㅅ ㅡ ㅡ ㅊ ㅋ

다시 당신 앞에 자리를 잡고 앉은 내 손에 손톱깎이가 들려 있습니다. 손톱깎이에 손톱이 잘려 나가는 소리가 경쾌하면서도 애잔합니다. 까맣게 잊고 있던 과거의 한 순간을 불러오는 마중 소리 같습니다.

엄지손톱으로 가져가던 손톱깎이를 나는 도로 거두어들입니다. 엄지손톱이 참새 부리 같아서요.

*

당신은 여전히 내 손이 닿을 수 없는 곳에 있습니다.

내 시선이 닿을 수 없는 곳에.

비둘기색 원피스를 입고 얌전히 누워 있는 당신을 보고 정옥 아주머니가 묻습니다.

"어디 가?"

방금 양치를 한 그녀의 입에서 치약 냄새가 풍깁니다.

"네……."

나는 당신을 대신해 대답합니다.

"어디를 가는데 화장을 다 했을까? 화장하니까 딴사람 같네."

정옥 아주머니가 당신 얼굴을 들여다보며 방긋 웃어주고는 병실을 나갑니다.

병실 시계는 11시를 지나고 있습니다. 금방이라도 당신 남편이 병실로 들어설 것 같습니다.

당신 입에서 어렴풋하면서도 야릇한 소리가 토해집니다. 경기하듯 놀란 소리로 변하더니 고라니의 비명 같은 소리가 당신 혀를 갈기갈기 찢으며 터져 나옵니다.

놀란 당신으로부터 성급히 물러섭니다.

*

밖은 흥분한 염소의 눈빛 같은 빛이 난무합니다.

빛 속으로 걸어 나가며 빛뿐이라는 걸 깨닫습니다.

남남인 당신과 나를 가를 수 있는 것은, 틈새를 통과하며 회칼처럼 가늘고 얇게 벼려진 한 줄기 빛뿐입니다.

토요일이라 노서동 능들 주변은 사람들로 북적거립니다. 나는 카페 'Op. 123'에 들어가 커피를 한 잔 주문합니다.

통유리 앞에 놓인 테이블로 가 자리를 잡고 앉습니다. 카페에는 베토벤의 바이올린 소나타 〈봄〉이 흐르고 있습니다. 바이올린과 피아노의 선율이 불러일으키는 흥분이 싫지 않습니다. 생각해보니 이 카페에서 정작 장엄미사곡을 들은 기억이 없습니다. 그런데도 이 카페에 다녀갈 때마다 장대한 장엄미사곡을 처음부터 끝까지 한 음도 놓치지 않고 감상하고 난 것 같은 기분이 드는 이유는 무엇일까요. 통유리 너머 능들과 나무들, 새들, 인간들이 어우러져 만들어내는 풍경이 장엄미사곡이라서가 아닐까요.

경주 고유의 풍경이기도 한 저 풍경의 화룡점정은 결국 인간이 아닌가 싶습니다.

씨앗을 뿌리고, 나무를 심고, 날아가는 새를 향해 손을 흔들고, 땀구멍보다 작은 곤충들에게도 이름을 지어주는 인간이라는 존재 말이에요.

통유리 너머 풍경에 정신이 팔려 있는 동안 식어버린 커피를 급하게 마시고 카페를 나옵니다. 그사이에 능들 주변을 산책하는 사람들은 배로 늘어나 있습니다.

나는 사람들을 헤치고 다니며 노인을 찾습니다.

두 발을 십자로 벌리고 서 있는 노인을 발견하는 순간 나는 안도의 한숨을 내쉽니다. 노인은 오늘도 혼자입니다.

한 발짝,

한 발짝,

한 발짝 더 내딛기 위해 들어 올리던 발을 노인은 도로 제자리에 내려놓습니다. 노인이 숨을 고르는 것이, 노인으로부터 열 발짝쯤 떨어진 내게 고스란히 느껴집니다.

노인은 처음부터 다시 시작합니다.

한 발짝,

한 발짝,

마른번개가 치더니 배추에 소금을 치듯 빗방울이 떨어집니다. 오후에 소나기 예보가 있었던 걸 깜박했습니다. 잔디밭을 산책하던 사람들이 비명을 지르며 흩어집니다. 전깃줄 위에 쪼르르 앉아 있던 까마귀들도 덩달아 흩어집니다. 까마귀들은 한 방향이 아니라 각자 다른 방향을 향해 날아갑니다. 하나는 대릉원 쪽으로, 하나는 오릉원 쪽으로, 하나는 월성초등학교 쪽으로, 하나는 남산 쪽으로.

빗줄기는 눈을 제대로 뜨지 못할 정도로 거세집니다. 잔디밭에 물이 차올라 신발 속으로 스며듭니다.

잔디밭에 노인과 나, 둘뿐입니다.

노인은 제자리에 버티고 서서 퍼붓는 비를 고스란히 맞고 서 있습니다. 나도 붙박인 듯 비를 맞고 서 있습니다.

옷이 흠씬 젖어 골격이 고스란히 드러난 노인의 몸이 떨고 있는 것이 느껴집니다. 노인의 힘없이 늘어진 어깨와 머리에 내리꽂히는 비가 못 같습니다. 살과 뼈를 뚫고 박히는 못을 노인이 고스란히 맞고 서 있는 것 같습니다.

나는 나를 무대에서 잃어버린 게 아닐까요.

그렇다면 나는 무대로 되돌아가야 할까요.

나를 잃어버린 곳이 무대이니 나를 찾으려면 무대로.

무대로 걸어 나가는 심정으로 나는 노인에게 한 발짝 한 발짝 다가갑니다.

발을 내려다보고 있던 노인의 고개가 나를 향해 들립니다.

나를 바라보는 노인의 눈빛이 벼려진 칼날처럼 날카로워 나는 얼어붙은 듯 서버립니다.

나는 노인에게 손을 내밉니다.

"제 손을 잡으세요."

노인의 팔이 들립니다. 노인의 손은 그러나 내 손에 닿지 못합니다. 닿으려면 한 발짝 더 내디뎌야 합니다.

한 발짝 더,

그런데 그 어느 새벽 당신 손이 그토록 가 닿으려던 것은 무엇일까요.

가,

닿으려던,

불현듯 노인이 어쩌면 내 아이가 아닐까 하는 황당한 생각이 듭니다. 수백 년 전에 내가 낳은, 혹은 수백 년 뒤에 내가